इमरान सीरीज़

2

चट्टानों में आग

लौट आये हैं इब्ने सफ़ी

इमरान सीरीज़ के पहले सात उपन्यास लेकर

1. ख़ौफ़नाक इमारत
2. चट्टानों में आग
3. बहुरूपिया नवाब
4. ख़ौफ़ का सौदागर
5. जहन्नुम की अप्सरा
6. नीले परिन्दे
7. साँपों के शिकारी

इब्ने सफ़ी

चट्टानों मे आग

सम्पादक

नीलाभ

अनुवादक

रहमान मुसव्विर

हार्परकॉलिंस पब्लिशर्स इंडिया

प्रथम प्रकाशन 2009
हार्पर हिन्दी
(हार्परकॉलिंस *पब्लिशर्स* इंडिया) द्वारा प्रकाशित
हार्परकॉलिंस *पब्लिशर्स* इंडिया, साइबर सिटी, बिल्डिंग 10-A, गुरुग्राम,
हरियाणा – 122002, भारत
www.harpercollins.co.in

P-ISBN: 978-81-7223-889-6

टाइपसेटिंग : निओ साफ़्टवेयर कन्सलटैंट्स, इलाहाबाद
मुद्रक : थॉम्सन प्रेस (इंडिया) लि.

HarperCollins *Publishers*, Macken House, 39/40 Mayor Street
Upper, Dublin 1, D01 C9W8, Ireland

दो शब्द

कहते हैं कि जिन दिनों अंग्रेज़ी के जासूसी उपन्यासों की जानी-मानी लेखिका अगाथा क्रिस्टी का डंका बज रहा था, किसी ने उनसे पूछा कि इतनी बड़ी तादाद में अपने उपन्यासों की बिक्री और अपार लोकप्रियता को देख कर उन्हें कैसा लगता है। अगाथा क्रिस्टी ने जवाब दिया कि इस मैदान में वे अकेली नहीं हैं, दूर हिन्दुस्तान में एक और उपन्यासकार है जो हरदिल-अज़ीज़ी और किताबों की बिक्री में उनसे उन्नीस नहीं है और यह उपन्यासकार है – इब्ने सफ़ी!

हम नहीं जानते कि यह वाक़या सच्चा है या फिर इब्ने सफ़ी के प्रेमियों ने उनके उपन्यासों और उनकी कल्पना की उड़ानों से प्रभावित हो कर गढ़ लिया है, मगर इससे इतना तो साफ़ है कि पिछली सदी के ५० और ७० के दशकों में इब्ने सफ़ी की शोहरत हिन्दुस्तान के बाहर भी फैल चुकी थी। उनके जासूसी उपन्यास उर्दू और हिन्दी में तो एक साथ प्रकाशित होते ही थे, बंगला, गुजराती और दीगर हिन्दुस्तानी ज़बानों में भी बड़े चाव से पढ़े जाते थे। और आज साठ साल बाद भी उनकी लोकप्रियता में कमी नहीं आयी है।

इमरान सीरीज़ के पहले उपन्यास 'ख़ौफ़नाक इमारत' में इब्ने सफ़ी ने जो नया ढंग अपनाया था, उसे उन्होंने अपने अगले उपन्यास 'चट्टानों में आग' में बरक़रार रखा। 'चट्टानों में आग' का किस्सा एक ऐसे मिलिट्री अफ़सर के इर्द-गिर्द घूमता है जो दूसरे विश्व युद्ध के दौरान नशीले पदार्थों की तस्करी करने वाले गिरोह का पता जान जाता है। ज़ाहिर है, ऐसे गिरोहों के दो ही उसूल होते हैं–या तो ऐसे आदमी को अपने गिरोह में शामिल कर लो या फिर उसे दूसरी दुनिया की तरफ़ रवाना कर दो। चूँकि कर्नल ज़रग़ाम उस गिरोह में शामिल नहीं होता, इसलिए बरसों बाद उसे धमकियाँ मिलनी शुरू हो जाती हैं। वह जानता है कि जो धमकियाँ दे रहे हैं, वे किसी भी नीचता पर उतर सकते हैं। ऐसी हालत में वह परेशान हो कर कैप्टन फ़ैयाज़ को मदद के लिए लिखता है और फ़ैयाज़ इमरान को कर्नल ज़रग़ाम की मदद के लिए भेज देता है। कर्नल ज़रग़ाम के साथ उसकी बेटी सोफ़िया और दो भतीजे–आरिफ़ और अनवर–भी हैं जो इमरान को देख कर यह समझ नहीं पाते कि वह कैसे उनकी मदद करेगा, क्योंकि उसकी हरकतें हस्बमामूल बेवक़ूफ़ाना हैं। लेकिन आख़िर में असली मुजरिम इन्हीं बेवक़ूफ़ाना हरकतों के जाल में फँस जाते हैं और नशीली दवाइयाँ बेचने वाले एक गिरोह का पर्दाफ़ाश होता है।

इस उपन्यास की सबसे बड़ी ख़ूबी यही है कि जगह-जगह इब्ने सफ़ी ने इमरान के माध्यम से बहुत दिलचस्प प्रसंग रचे हैं और उन्हें पढ़ते हुए पाठक बेसाख़्ता हँसने को मजबूर हो जाते हैं। एक छोटा-सा हिस्सा नमूने के तौर पर यहाँ पेश है–

पूरी ट्रेन से सिर्फ़ तीन आदमी उतरे। दो बूढ़े देहाती और एक जवान आदमी जिसके जिस्म पर ख़ाकी गैबरडीन का सूट था। बायें कन्धे पर ग़िलाफ़ में बन्द की हुई बन्दूक़ लटक रही थी और दाहिने हाथ में एक बड़ा-सा सूटकेस था।

ज़्यादा मुमकिन यही था कि इसी आदमी के लिए अनवर और आरिफ़ यहाँ आये थे।

वे दोनों उसकी तरफ़ बढ़े।

'क्या आप को कैप्टन फ़ैयाज़ ने भेजा है?' अनवर ने उससे पूछा।

'अगर मैं ख़ुद ही न आना चाहता तो उसके फ़रिश्ते भी नहीं भेज सकते थे।' मुसाफ़िर ने मुस्कुरा कर कहा।

'जी हाँ! ठीक है।' अनवर जल्दी से बोला।

'क्या ठीक है?' मुसाफ़िर पलकें झपकाने लगा।

अनवर बौखला गया। 'वही जो आप कह रहे हैं।'

'ओह!' मुसाफ़िर ने इस तरह कहा जैसे वह पहले कुछ और समझा हो।

आरिफ़ और अनवर ने अर्थपूर्ण नज़रों से एक-दूसरे को देखा।

'हम आपको लेने के लिए आये हैं।? आरिफ़ ने कहा।

'तो ले चलिये ना!' मुसाफ़िर ने सूटकेस प्लेटफ़ार्म पर रख कर उस पर बैठते हुए कहा।

अनवर ने कुली को आवाज़ दी।

'क्या!' मुसाफ़िर ने हैरत से कहा, 'यह एक कुली मुझे सूटकेस समेत उठा सकेगा!'

पहले दोनों बौखलाये, फिर हँसने लगे।

यह था उपन्यास का एक छोटा-सा ट्रेलर। अब पन्ना पलटिए ओर पूरे क़िस्से का मज़ा लीजिए। आशा है यह उपन्यास आपको पसन्द आयेगा।

—नीलाभ

चट्टानों में आग

१

कर्नल ज़रग़ाम बेचैनी से कमरे में टहल रहा था।

वह अधेड़ उम्र का, मज़बूत शरीर वाला रोबदार आदमी था। मूँछें घनी और नीचे की तरफ़ को थीं। बार-बार अपने कन्धों को इस तरह हिलाता था जैसे उसे डर हो कि उसका कोट कन्धों से लुढ़क कर नीचे आ जायेगा। यह उसकी बहुत पुरानी आदत थी। वह कम-से-कम हर दो मिनट के बाद अपने कन्धों को ज़रूर हिलाता था। उसने दीवार से लगी हुई घड़ी पर फ़िक्र-भरी नज़रें डालीं और फिर खिड़की के पास खड़ा हो गया।

तीसरे हफ़्ते का चाँद दूर की पहाड़ियों के पीछे से उभर रहा था। मौसम भी ख़ुशगवार था और फ़िज़ा बेहद दिलकश!... मगर कर्नल ज़रग़ाम की बेचैनी!...वह इन दोनों में से किसी से भी आनन्द नहीं उठा सकता था।

अचानक किसी आहट पर चौंक कर वह मुड़ा। दरवाज़े में उसकी जवान लड़की सोफ़िया खड़ी थी।

'ओह डैडी...दस बज गये...लेकिन...!'

'हाँ...आँ!...' ज़रग़ाम कुछ सोचता हुआ बोला, 'शायद

गाड़ी लेट है।'

वह खिड़की के बाहर देखने लगा। सोफ़िया आगे बढ़ी और उसने उसके कन्धे पर हाथ रख दिया।

लेकिन कर्नल ज़रग़ाम वैसे ही बाहर ही देखता रहा।

'आप इतने परेशान क्यों हैं?' सोफ़िया आहिस्ता से बोली।

'आफ़्फ़ोह!' कर्नल ज़रग़ाम मुड़ कर बोला, 'मैं कहता हूँ कि आख़िर तुम्हारी नज़रों में इन वाक़यात की कोई अहमियत क्यों नहीं!'

'मैंने यह कभी नहीं कहा!' सोफ़िया बोली, 'मेरा मतलब तो सिर्फ़ यह है कि बहुत ज़्यादा फ़िक्र करके ज़ेहन को थकाने से क्या फ़ायदा।'

'अब मैं इसका क्या करूँ कि हर पल मेरी उलझनें बढ़ती ही जाती हैं।'

'क्या कोई नयी बात?' सोफ़िया के लहजे में हैरानी थी।

'क्या तुमने कैप्टन फ़ैयाज़ का तार नहीं पढ़ा?'

'पढ़ा है, और मैं इस वक़्त उसी के बारे में गुफ़्तगू करने आयी हूँ।'

'हूँ! तो तुम भी उसकी वजह से उलझन में पड़ गयी हो?'

'जी हाँ!...आख़िर इसका क्या मतलब है? उन्होंने लिखा है कि एक ऐसा आदमी भेज रहा हूँ जिससे आप लोग तंग न आ गये तो काफ़ी फ़ायदा उठा सकेंगे...मैं कहती हूँ ऐसा आदमी

भेजा ही क्यों, जिससे हम तंग आ जायें...! और फिर वह कोई सरकारी आदमी भी नहीं है।'

'बस यही चीज़ मुझे भी उलझन में डाले हुए है।' कर्नल ने घड़ी की तरफ़ देखते हुए कहा, 'आख़िर वो किस क़िस्म का आदमी है? हम तंग क्यों आ जायेंगे?'

'उन्होंने अपने ही महकमे का कोई आदमी क्यों नहीं भेजा?' सोफ़िया ने कहा।

'भेजना चाहता तो भेज ही सकता था, लेकिन फ़ैयाज़ बड़ा उसूल का पक्का आदमी है। एक प्राइवेट मामले के लिए उसने सरकारी आदमी भेजना मुनासिब नहीं समझा होगा।'

◀◀ ● ▶▶

२

कर्नल ज़रग़ाम के दोनों भतीजे अनवर और आरिफ़ रेलवे स्टेशन पर ट्रेन के आने का इन्तज़ार कर रहे थे। गुप्तचर विभाग के सुपरिन्टेंडेण्ट कैप्टन फ़ैयाज़ ने उनके चचा के कहने पर एक आदमी भेजा था जिसे लेने के लिए वे स्टेशन आये थे। गाड़ी एक घण्टा लेट थी।

उन दोनों ने भी कैप्टन फ़ैयाज़ का तार देखा था और आने वाले के बारे में सोच रहे थे।

ये दोनों जवान, सुन्दर, स्मार्ट और पढ़े-लिखे थे। अनवर आरिफ़ से सिर्फ़ दो साल बड़ा था। इसलिए उनमें दोस्तों की-सी बेतकल्लुफ़ी थी और आरिफ़ अनवर को उसके नाम ही से पुकारा करता था।

'कैप्टन फ़ैयाज़ का तार कितना अजीब था!' आरिफ़ ने कहा।

'इस कमबख़्त ट्रेन को भी आज ही लेट होना था!' अनवर बड़बड़ाया।

'आख़िर वो किस क़िस्म का आदमी होगा!' आरिफ़ ने

कहा।

'उँह, छोड़ो! होगा कोई चिड़चिड़ा, बददिमाग़।' अनवर बोला, 'कर्नल साहब ख़ामख़ा ख़ुद भी बोर होते हैं और दूसरों को भी बोर करते हैं।'

'यह तो तुम्हारी ज़्यादती है।' आरिफ़ ने कहा, 'इन हालात में तुम भी वही करते जो वो कर रहे हैं।'

'अरे छोड़ो...! कहाँ के हालात और कैसे हालात....सब उनका वहम है। मैं अक्सर सोचता हूँ कि उन जैसे वहमी आदमी को एक पूरी बटालियन की कमाण्ड कैसे सौंप दी गयी थी...कोई तुक भी है। आख़िर घर में बिल्लियाँ रोयेंगी तो ख़ानदान पर कोई-न-कोई आफ़त ज़रूर आयेगी। उल्लू की आवाज़ सुन कर दम निकल जायेगा। अगर खाना खाते वक़्त किसी ने प्लेट में छुरी और काँटे को क्रास करके रख दिया तो बदशगुनी!...सुबह-ही-सुबह अगर कोई काना आदमी दिखाई दे गया तो मुसीबत!'

'इस मामले में तो मुझे उनसे हमदर्दी है।' आरिफ़ ने कहा।

'मुझे ताव आता है!' अनवर भन्ना कर बोला।

'पुराने आदमियों को माफ़ करना ही पड़ता है।'

'ये पुराने आदमी हैं।' अनवर झल्ला कर कहा, 'मुझे तो उनकी किसी बात में पुरानापन नहीं नज़र आता, सिवा पुराने ख़यालात के।'

'यही सही! बहरहाल, वो पिछले दौर की विरासत है।'

तेज़ क़िस्म की घण्टी की आवाज़ से वे चौंक पड़े। यह ट्रेन के आने का इशारा था। यह एक छोटा-सा पहाड़ी स्टेशन

था। यहाँ मुसाफ़िरों को होशियार करने के लिए घण्टी बजायी जाती थी। पूरे प्लेटफ़ार्म पर आठ या दस आदमी नज़र आ रहे थे। उनमें नीली वर्दी वाले ख़लासी भी थे जो इतनी शान से अकड़-अकड़ कर चलते थे जैसे वे स्टेशन मास्टर से भी कोई बड़ी चीज़ हों। खाना बेचने वाले ने अपना जालीदार लकड़ी का सन्दूक़ जिसके अन्दर एक लालटेन जल रही थी, मोंढे से उठा कर कन्धे पर रख लिया। पान, बीड़ी, सिगरेट बेचने वाले लड़के ने, जो अभी मुँह से तबला बजा-बजा कर एक अश्लील-सा गीत गा रहा था, अपनी ट्रे उठा कर गर्दन में लटका ली।

ट्रेन आहिस्ता-आहिस्ता रेंगती हुई आ कर प्लेटफ़ार्म से लग गयी।

अनवर और आरिफ़ गेट पर खड़े रहे।

पूरी ट्रेन से सिर्फ़ तीन आदमी उतरे। दो बूढ़े देहाती और एक जवान आदमी जिसके जिस्म पर ख़ाकी गैबरडीन का सूट था। बायें कन्धे पर ग़िलाफ़ में बन्द की हुई बन्दूक़ लटक रही थी और दाहिने हाथ में एक बड़ा-सा सूटकेस था।

ज़्यादा मुमकिन यही था कि इसी आदमी के लिए अनवर और आरिफ़ यहाँ आये थे।

वे दोनों उसकी तरफ़ बढ़े।

'क्या आप को कैप्टन फ़ैयाज़ ने भेजा है?' अनवर ने उससे पूछा।

'अगर मैं ख़ुद ही न आना चाहता तो उसके फ़रिश्ते भी नहीं भेज सकते थे।' मुसाफ़िर ने मुस्कुरा कर कहा।

'जी हाँ! ठीक है।' अनवर जल्दी से बोला।

'क्या ठीक है?' मुसाफ़िर पलकें झपकाने लगा।

अनवर बौखला गया। 'वही जो आप कह रहे हैं।'

'ओह!' मुसाफ़िर ने इस तरह कहा जैसे वह पहले कुछ और समझा हो।

आरिफ़ और अनवर ने अर्थपूर्ण नज़रों से एक-दूसरे को देखा।

'हम आपको लेने के लिए आये हैं।? आरिफ़ ने कहा।

'तो ले चलिये ना!' मुसाफ़िर ने सूटकेस प्लेटफ़ार्म पर रख कर उस पर बैठते हुए कहा।

अनवर ने कुली को आवाज़ दी।

'क्या!' मुसाफ़िर ने हैरत से कहा, 'यह एक कुली मुझे सूटकेस समेत उठा सकेगा!'

पहले दोनों बौखलाये, फिर हँसने लगे।

'जी नहीं!' अनवर ने शरारती अन्दाज़ में कहा, 'आप ज़रा खड़े हो जाइए।'

मुसाफ़िर खड़ा हो गया। अनवर ने कुली को सूटकेस उठाने का इशारा करते हुए मुसाफ़िर का हाथ पकड़ लिया, 'यूँ चलिए!'

'लाहौल विला क़ूवत!' मुसाफ़िर गर्दन झटक कर बोला, 'मैं कुछ और समझा था।'

उसने अनवर और आरिफ़ को सम्बोधित करके कहा,

'शायद तार का मज़मून तुम्हारी समझ में आ गया होगा?'

आरिफ़ हँसने लगा। लेकिन मुसाफ़िर इतनी संजीदगी से चलता रहा जैसे उसे इस बात से कोई सरोकार ही न हो। वह बाहर आ कर कार में बैठ गये। पिछली सीट पर अनवर मुसाफ़िर के साथ था और आरिफ़ कार ड्राइव कर रहा था।

अनवर ने आरिफ़ को सम्बोधित करके कहा, 'क्या कर्नल साहब और कैप्टन फ़ैयाज़ में कोई मज़ाक़ का रिश्ता भी है।'

आरिफ़ ने फिर क़हक़हा लगाया। वे दोनों सोच रहे थे कि इस मूर्ख मुसाफ़िर के साथ वक़्त अच्छा गुज़रेगा।

'जनाब का इस्मे-शरीफ़,' अचानक अनवर ने मुसाफ़िर से पूछा।

'कलियर शरीफ़।' मुसाफ़िर ने बड़ी संजीदगी से जवाब दिया।

दोनों हँस पड़े।

'हाँय! इसमें हँसने की क्या बात!' मुसाफ़िर बोला।

'मैंने आपका नाम पूछा था।' अनवर ने कहा।

'अली इमरान। एम.एस.सी, पी-एच.डी।'

'एम.एस.सी, पी-एच.डी.,' आरिफ़ हँस पड़ा।

'आप हँसे क्यों? इमरान ने पूछा?

'ओह...मैं दूसरी बात पर हँसा था।' आरिफ़ जल्दी से बोला।

'अच्छा तो अब मुझे तीसरी बात पर हँसने की इजाज़त

दीजिए।' इमरान ने कहा और बेवक़ूफ़ों की तरह हँसने लगा।

वे दोनों और ज़ोर से हँसे। इमरान ने उनसे भी तेज़ क़हक़हा लगाया और थोड़ी ही देर बाद अनवर और आरिफ़ ने महसूस किया जैसे वह ख़ुद भी बेवक़ूफ़ बन गये हैं।

कार पहाड़ी रास्तों में चक्कर काटती आगे बढ़ रही थी।

थोड़ी देर के लिए ख़ामोशी हो गयी। इमरान ने उन दोनों के नाम पूछे थे।

अनवर सोच रहा था कि ख़ासा मज़ा रहेगा। कर्नल साहब की झल्लाहट देखने लायक़ होगी। यह बेवक़ूफ़ आदमी उनका जीना हराम कर देगा और वे पागलों की तरह सिर पीटते फिरेंगे।

अनवर ठीक ही सोच रहा था। कर्नल था भी झल्ले मिज़ाज आदमी। अगर उसे कोई बात दोबारा दुहरानी पड़ती तो उसका पारा चढ़ जाता था। उनका इमरान जैसे आदमी के साथ क्या होगा!

आधे घण्टे में कार ने कर्नल की कोठी तक का सफ़र तय कर लिया। कर्नल अब भी बेचैनी से उसी कमरे में टहल रहा था और सोफ़िया भी वहीं मौजूद थी।

कर्नल ने इमरान को ऊपर से नीचे तक तौलने वाली नज़रों से देखा। फिर मुस्कुरा कर बोला–

'कैप्टन फ़ैयाज़ तो अच्छे हैं?'

'अजी तौबा कीजिए! निहायत नामाक़ूल आदमी हैं!' इमरान ने सोफ़े पर बैठते हुए कहा। उसने कन्धे से बन्दूक़ उतार कर सोफ़े के हत्थे से लटका दी।

'क्यों नामाक़ूल क्यों?' कर्नल ने हैरत से कहा।

'बस यूँही।' इमरान संजीदगी से बोला, 'मेरा ख़याल है कि नामाक़ूलियत की कोई वजह नहीं होती।'

'ख़ूब!' कर्नल उसे घूरने लगा। 'आपकी तारीफ़?'

'अजी ही...ही...ही, अब अपने मुँह से अपनी तारीफ़ क्या करूँ।' इमरान शर्मा कर बोला।

अनवर किसी तरह ज़ब्त न कर सका। उसे हँसी आ गयी और उसके फूटते ही आरिफ़ भी हँसने लगा।

'यह क्या बदतमीज़ी है!' कर्नल उनकी तरफ़ मुड़ा।

दोनों यकायक ख़ामोश हो कर बग़लें झाँकने लगे। सोफ़िया अजीब नज़रों से इमरान को देख रही थी।

'मैंने आपका नाम पूछा था।' कर्नल ने खँखार कर कहा।

'कब पूछा था?' इमरान चौंक कर बोला।

'अभी,' कर्नल के मुँह से बेसाख़्ता निकला और वे दोनों भाई अपने मुँह में रूमाल ठूँसते हुए बाहर निकल गये।

'इन दोनों की शामत आ गयी है।' कर्नल ने ग़ुस्सायी आवाज़ में कहा और वह भी तेज़ी से कमरे से निकल गया। ऐसा मालूम हो रहा था जैसे वह उन दोनों को दौड़ कर मारेगा।

इमरान बेवक़ूफ़ों की तरह बैठा रहा। बिलकुल ऐसे ही निर्विकार भाव से जैसे उसने कुछ देखा-सुना ही न हो। सोफ़िया कमरे ही में रह गयी थी और उसकी आँखों में शरारती चमक लहराने लगी थी।

'आपने अपना नाम नहीं बताया।' सोफ़िया बोली।

इस पर इमरान ने अपना नाम डिग्रियों समेत दुहरा दिया। सोफ़िया के अन्दाज़ से ऐसा मालूम हो रहा था जैसे उसे इस पर यक़ीन न आया हो।

'क्या आपको अपने यहाँ आने का मक़सद मालूम है?' सोफ़िया ने पूछा।

'मक़सद?' इमरान चौंक कर बोला, 'जी हाँ, मक़सद मुझे मालूम है, इसीलिए मैं अपनी एयरगन साथ लाया हूँ?'

'एयरगन!' सोफ़िया ने हैरत से दुहराया।

'जी हाँ।' इमरान ने संजीदगी से कहा, 'मैं हाथ से मक्खियाँ नहीं मारता।'

कर्नल, जो पिछले दरवाज़े में खड़ा उनकी गुफ़्तगू सुन रहा था, झल्ला कर आगे बढ़ा।

'मैं नहीं समझ सकता कि फ़ैयाज़ ने बेहूदगी क्यों की?' उसने सख़्त लहजे में कहा और इमरान को खड़ा घूरता रहा।

'देखिए, है न...नामाक़ूल आदमी! मैंने तो पहले ही कहा था!' इमरान चहक कर बोला।

'आप कल पहली गाड़ी से वापस जायेंगे!' कर्नल ने कहा।

'नहीं!' इमरान ने संजीदगी से कहा, 'मैं एक हफ़्ते का प्रोग्राम बना कर आया हूँ।'

'जी नहीं, शुक्रिया!' कर्नल खिन्न हो कर बोला, 'मैं आधा मुआवज़ा दे कर आपको विदा करने पर तैयार हूँ। आधा मुआवज़ा कितना होगा?'

'यह तो मक्खियों की तादाद पर है।' इमरान ने सिर हिला कर कहा, 'वैसे एक घण्टे में डेढ़ दर्जन मक्खियाँ मारता हूँ...और...'

'बस...बस।' कर्नल हाथ उठा कर बोला, 'मेरे पास बेकार बातों के लिए वक़्त नहीं!'

'डैडी...प्लीज़!' सोफ़िया ने जल्दी से कहा, 'क्या आपको तार का मज़मून याद नहीं।'

'हूँ!' कर्नल कुछ सोचने लगा। उसकी नज़रें इमरान के चेहरे पर थीं जो मूर्खों की तरह बैठा पलकें झपका रहा था।

'हूँ....तुम ठीक कहती हो।' कर्नल बोला। अब उसकी नज़रें इमरान के चेहरे से हट कर उसकी बन्दूक़ पर जम गयीं।

उसने आगे बढ़ कर बन्दूक़ उठा ली और फिर उसे ग़िलाफ़ से निकालते ही बुरी तरह बिफर गया।

'क्या बेहूदगी है!' वह हलक़ फाड़ कर चीख़ा, 'यह तो सचमुच एयरगन है।'

इमरान के इत्मीनान में ज़र्रा बराबर भी फ़र्क़ नहीं आया।

उसने सिर हिला कर कहा, 'मैं कभी झूठ नहीं बोलता।'

कर्नल का पारा इतना चढ़ा कि उसकी लड़की उसे धकेलती हुई कमरे के बाहर निकाल ले गयी। कर्नल सोफ़िया के अलावा और किसी को ख़ातिर में न लाता था। अगर उसकी बजाय किसी दूसरे ने यह हरकत की होती तो वह उसका गला घोंट देता। उनके जाते ही इमरान इस तरह मुस्कुराने लगा जैसे यह बड़ी सुखद घटना हो।

थोड़ी देर बाद सोफ़िया वापस आयी और उसने इमरान से दूसरे कमरे में चलने को कहा।

इमरान ख़ामोशी से उठ कर उसके साथ हो लिया। सोफ़िया ने भी इसके अलावा और कोई बात नहीं की। शायद वह कमरा पहले ही से इमरान के लिए तैयार रखा गया था।

३

घड़ी ने एक बजाया और इमरान बिस्तर से उठ गया। दरवाज़ा खोल कर बाहर निकला। चारों तरफ़ सन्नाटा था। लेकिन कोठी के किसी कमरे की भी रोशनी नहीं बुझायी गयी थी।

बरामदे में रुक कर उसने आहट ली। फिर तीर की तरह उस कमरे की तरफ़ बढ़ा जहाँ कर्नल के ख़ानदान वाले इकट्ठा थे। सोफ़िया के अलावा हर एक के आगे एक-एक राइफ़ल रखी हुई थी। अनवर और आरिफ़ बेहद बोर नज़र आ रहे थे। सोफ़िया की आँखों नींद की वजह से लाल थीं और कर्नल इस तरह सोफ़े पर अकड़ा बैठा था जैसे वह कोई बुत हो। उसकी पलकें तक नहीं झपक रही थीं।

इमरान को देख उसके जिस्म में हरकत पैदा हुई।

'क्या बात है? क्यों आये हो?' उसने गरज कर पूछा।

'एक बात समझ में नहीं आ रही है।' इमरान ने कहा।

'क्या?' कर्नल के लहजे की सख़्ती दूर नहीं हुई।

'अगर आप कुछ अजनबी आदमियों से डरे हुए हैं तो

पुलिस को इसकी ख़बर क्यों नहीं देते?'

'मैं जानता हूँ कि पुलिस कुछ नहीं कर सकती।'

'क्या वे लोग सचमुच आपके लिए अजनबी हैं।'

'हाँ।'

'बात समझ में नहीं आयी।'

'क्यों?'

'सीधी-सी बात है। अगर आप उन्हें जानते हैं तो उनसे डरने की क्या वजह हो सकती है।'

कर्नल जवाब देने की बजाय इमरान को घूरता रहा।

'बैठ जाओ!' उसने थोड़ी देर बाद कहा। इमरान बैठ गया।

'मैं उन्हें जानता हूँ।' कर्नल बोला।

'तब फिर! पुलिस... ज़ाहिर-सी बात है।'

'क्या तुम मुझे बेवक़ूफ़ समझते हो?' कर्नल बिगड़ कर बोला।

'जी हाँ!' इमरान ने संजीदगी से सिर हिला दिया।

'क्या?' कर्नल उछल कर खड़ा हो गया।

'बैठ जाइए!' इमरान ने लापरवाही से हाथ उठा कर कहा, 'मैंने यह बात इसलिए कही थी कि आप लोग किसी वक़्त भी उनकी गोलियों का निशाना बन सकते हैं।'

'क्यों?'

'वे किसी वक़्त भी इस इमारत में दाख़िल हो सकते हैं।'

'नहीं दाख़िल हो सकते। बाहर कई पहाड़ी पहरा दे रहे हैं।'

'फिर इस तरह राइफ़लें सामने रख कर बैठने का क्या मतलब है!' इमरान सिर हिला कर बोला, 'नहीं कर्नल साहब! अगर आप भी इमरान एम.एस–सी, पी–एच.डी से कोई काम लेना चाहते हैं तो आपको उसे सारे हालात के बारे में बताना पड़ेगा। मैं यहाँ आपके बॉडीगार्ड का काम करने के लिए नहीं आया।'

'डैडी, बता दीजिए न...ठीक ही तो है!' सोफ़िया बोली।

'क्या तुम इस आदमी को भरोसे के क़ाबिल समझती हो?'

'इनकी अभी उम्र ही क्या है,' इमरान ने सोफ़िया की तरफ़ इशारा करके कहा, 'साठ–साठ साल की बूढ़ियाँ भी मुझ पर भरोसा करती हैं।'

सोफ़िया बौखला कर घूरने लगी। उसकी समझ में कुछ नहीं आया।

अनवर और आरिफ़ हँसने लगे।

'दाँत बन्द करो।' कर्नल ने उन्हें डाँटा और वे दोनों बुरा–सा मुँह बना कर ख़ामोश हो गये।

'आप मुझे उन आदमियों के बारे में बताइए।' इमरान ने कहा।

कर्नल कुछ देर ख़ामोश रहा। फिर बड़बड़ाया, 'मैं नहीं जानता कि क्या बताऊँ।

'क्या आपने इस दौरान उनमें से किसी को देखा है?'

'नहीं।'

'फिर शायद मैं पागल हो गया हूँ!' इमरान ने कहा।

कर्नल उसे घूरने लगा। वह कुछ देर चुप रहा फिर बोला, 'मैं उन लोगों के निशान से वाक़िफ़ हूँ। इस निशान का मेरी कोठी में पाया जाना इस चीज़ की तरफ़ इशारा करता है कि मैं ख़तरे में हूँ।'

'ओह!' इमरान ने सीटी बजाने वाले अन्दाज़ में अपने होंट सिकोड़े फिर आहिस्ता से पूछा, 'वह निशान आपको कब मिला?'

'आज से चार दिन पहले।'

'ख़ूब! क्या मैं उसे देख सकता हूँ?'

'भई, ये तुम्हारे बस का रोग नहीं मालूम होता।' कर्नल उकता कर बोला, 'तुम कल सुबह वापस जाओ!'

'हो सकता है मैं भी रोगी हो जाऊँ। आप मुझे दिखाइए न।'

कर्नल चुपचाप बैठा रहा। फिर उसने बुरा-सा मुँह बनाया और उठ कर एक मेज़ का दराज़ खोला। इमरान उसे ध्यान से और दिलचस्पी से देख रहा था।

कर्नल ने दराज़ से कोई चीज़ निकाली और अपने सोफ़े पर वापस आ गया। इमरान ने उसकी तरफ़ हाथ बढ़ा दिया। अनवर और आरिफ़ ने अर्थपूर्ण नज़रों से एक-दूसरे की तरफ़ इस अन्दाज़ से देखा जैसे वे इमरान से किसी मूर्खतापूर्ण वाक्य की उम्मीद रखते हों।

कर्नल ने वह चीज़ छोटी गोल मेज़ पर रख दी। तीन इंच लम्बा लकड़ी का बन्दर था। इमरान उसे मेज़ से उठा कर उलटने-पलटने लगा। वह उसे थोड़ी देर तक देखता रहा फिर उसी मेज़ पर रख कर कर्नल को घूरने लगा।

'क्या मैं कुछ पूछ सकता हूँ?' इमरान बोला।

'पूछो...बोर मत करो।'

'ठहरिए!' इमरान हाथ उठा कर बोला। फिर सोफ़िया वग़ैरह की तरफ़ देख कर कहने लगा, 'हो सकता है कि आप इन लोगों के सामने मेरे सवालों का जवाब देना पसन्द न करें।'

'उँह, बोर मत करो!' कर्नल उकताये हुए लहजे में बोला।

'ख़ैर...मैंने एहतियातन यह ख़याल ज़ाहिर किया था।' इमरान ने लापरवाही से कहा। फिर कर्नल को घूरता हुआ बोला, 'क्या कभी आपका ताल्लुक़ ड्रग्स की तस्करी से भी रहा है।'

कर्नल उछल पड़ा। फिर वह इमरान की तरफ़ इस तरह घूरने लगा जैसे उसने उसे डंक मार दिया हो। फिर वह जल्दी से लड़कों की तरफ़ मुड़ कर बोला, 'जाओ, तुम लोग आराम करो।'

उसके भतीजों के चेहरे खिल उठे, लेकिन सोफ़िया के अन्दाज़ से ऐसा मालूम हो रहा था जैसे वह नहीं जाना चाहती।

'तुम भी जाओ।' कर्नल अधीरता से हाथ हिला कर बोला।

'क्या यह ज़रूरी है?' सोफ़िया ने कहा।

'जाओ!' कर्नल चीख़ा! वे तीनों कमरे से निकल गये।

'हाँ, तुमने क्या कहा था?' कर्नल ने इमरान से कहा।

इमरान ने फिर अपना वाक्य दुहरा दिया।

'तो क्या तुम उसके बारे में कुछ जानते हो?'

कर्नल ने लकड़ी के बन्दर की तरफ़ इशारा किया।

'बहुत कुछ!' इमरान ने लापरवाही से कहा।

'तुम कैसे जानते हो?'

'यह बताना बहुत मुश्किल है।' इमरान मुस्कुरा कर बोला, 'लेकिन आपने मेरे सवाल का कोई जवाब नहीं दिया।'

'नहीं, मेरा ताल्लुक़ ड्रग्स की तिजारत से कभी नहीं रहा।'

'तब फिर!' इमरान कुछ सोचता हुआ बोला, 'आप उन लोगों के बारे में कुछ जानते हैं, वरना यह निशान इस कोठी में क्यों आया।'

'ख़ुदा की क़सम।' कर्नल बेचैनी में अपने हाथ मलता हुआ बोला, 'तुम बहुत काम के आदमी मालूम होते हो।'

'लेकिन मैं कल सुबह वापस जा रहा हूँ।'

'हरगिज़ नहीं....हरगिज़ नहीं।'

'अगर मैं कल वापस न गया तो उस मुर्ग़ी को कौन देखेगा जिसे मैं अण्डों पर बिठा आया हूँ।'

'अच्छे लड़के, मज़ाक़ नहीं!...मैं बहुत परेशान हूँ।'

'आप ली यूका से डरे हुए हैं।' इमरान सिर हिला कर बोला।

इस बार फिर कर्नल उसी तरह उछला जैसे इमरान ने

डंक मार दिया हो।

'तुम कौन हो?' कर्नल ने ख़ौफ़ज़दा आवाज़ में कहा।

'अली इमरान, एम. एस. सी, पी-एच.डी.।'

'क्या तुम्हें सचमुच कैप्टन फ़ैयाज़ ने भेजा है?'

'और मैं कल सुबह वापस चला जाऊँगा।'

'नामुमकिन...नामुमकिन...मैं तुम्हें किसी क़ीमत पर नहीं छोड़ सकता। लेकिन तुम ली यूका के बारे में कैसे जानते हो?'

'यह मैं नहीं बता सकता!' इमरान ने कहा, 'लेकिन ली यूका के बारे में आपको बहुत कुछ बता सकता हूँ! वह एक चाबी है। उसके नाम से ड्रग्स की नाजायज़ तिजारत होती है, लेकिन उसे आज तक किसी ने नहीं देखा।'

'बिलकुल ठीक...लड़के तुम ख़तरनाक मालूम होते हो।'

'मैं दुनिया का सबसे बड़ा बेवक़ूफ़ आदमी हूँ।'

'बकवास है...लेकिन तुम कैसे जानते हो?' कर्नल बड़बड़ाया, 'मगर...कहीं तुम उसी के आदमी न हो।' कर्नल की आवाज़ हलक़ में फँस गयी।

'बेहतर है...मैं कल सुबह...!'

'नहीं, नहीं!' कर्नल हाथ उठा कर चीख़ा।

'अच्छा, यह बताइए कि ये निशान आपके पास क्यों आया?' इमरान ने पूछा।

'मैं नहीं जानता।' कर्नल बोला।

'शायद आप इस बेवक़ूफ़ आदमी का इम्तहान लेना चाहते

हैं।' इमरान से संजीदगी से कहा। 'ख़ैर, तो सुनिए...ली यूका...दो सौ साल पुराना नाम है।'

'लड़के! तुम्हें ये सारी जानकारी कहाँ से मिली है।' कर्नल उसे प्रशंसात्मक नज़रों से देखता हुआ बोला, 'यह बात ली यूका के गिरोह वालों के अलावा और कोई नहीं जानता।'

'तो मैं यह समझ लूँ कि आपका ताल्लुक़ भी उसके गिरोह से रह चुका है।' इमरान ने कहा।

'हरगिज़ नहीं...तुम ग़लत समझे।'

'फिर यह निशान आपके पास कैसे पहुँचा...? आख़िर वे लोग आपसे किस चीज़ की माँग कर रहे हैं?'

'ओह, तुम यह भी जानते हो!' कर्नल चीख़ कर बोला और फिर उठ कर कमरे में टहलने लगा। इमरान के होंटों पर शरारती मुस्कुराहट थी।

'लड़के!' अचानक कर्नल टहलते-टहलते रुक गया। 'तुम्हें साबित करना पड़ेगा कि तुम वही आदमी हो जिसे कैप्टन फ़ैयाज़ ने भेजा है।'

'आप बहुत परेशान हैं।' इमरान हँस पड़ा। 'मेरे पास फ़ैयाज़ का ख़त मौजूद है, लेकिन अभी से आप इतना क्यों परेशान हैं। यह तो पहली वॉर्निंग है। बन्दर के बाद साँप आयेगा। अगर आपने इस दौरान भी उनकी माँग पूरी न की तो फिर वह मुर्ग़ भेजेंगे और उसके दूसरे ही दिन आपका सफ़ाया हो जायेगा। आख़िर वह कौन-सी माँग है?'

कर्नल कुछ न बोला! उसका मुँह हैरत से खुला हुआ

था और आँखें इमरान के चेहरे पर थीं।

'लेकिन।' वह आख़िर अपने होंटों पर ज़बान फेर कर बोला, 'इतना कुछ जानने के बाद तुम अब तक कैसे ज़िन्दा हो?'

'सिर्फ़ कोकाकोला की वजह से।'

'संजीदगी! संजीदगी!' कर्नल ने अधीरता से हाथ उठाया। 'मुझे फ़ैयाज़ का ख़त दिखाओ।'

इमरान ने जेब से ख़त निकाल कर कर्नल की तरफ़ बढ़ा दिया।

कर्नल काफ़ी देर तक उस पर नज़र जमाये रहा, फिर इमरान को वापस करता हुआ बोला।

'मैं नहीं समझ सकता कि तुम किस क़िस्म के आदमी हो।'

'मैं हर क़िस्म का आदमी हूँ। फ़िलहाल आप मेरे बारे में कुछ न सोचिए।' इमरान ने कहा। 'जितनी जल्दी आप मुझे अपने बारे में बता देंगे उतना ही अच्छा होगा।'

कर्नल के चेहरे से हिचकिचाहट ज़ाहिर हो रही थी। वह कुछ न बोला।

'अच्छा ठहरिए!' इमरान ने कुछ देर बाद कहा, 'ली यूका के आदमी सिर्फ़ एक ही सूरत में इस क़िस्म की हरकतें करते हैं। वह एक ऐसा गिरोह है जो ड्रग्स की तस्करी करता है। ली यूका कौन है, यह किसी को मालूम नहीं, लेकिन तिजारत का सारा नफ़ा उसको पहुँचता है। कभी उसके कुछ एजेंट बेईमानी

पर आमादा हो जाते हैं। वे ली यूका की माँगें पूरी नहीं करते। इस सूरत में उन्हें इस क़िस्म की वॉर्निंग मिलती हैं। पहली धमकी बन्दर, दूसरी धमकी साँप...और तीसरी धमकी मुर्ग़ा। अगर आख़िरी धमकी के बाद भी वे माँगें पूरी नहीं करते तो उनका ख़ात्मा कर दिया जाता है।'

'तो क्या तुम यह समझते हो कि मैं ली यूका का एजेंट हूँ।' कर्नल खँखार कर बोला।

'ऐसी सूरत में और क्या समझ सकता हूँ।'

'नहीं, यह ग़लत है।'

'फिर?'

'मेरा ख़याल है कि मेरे पास ली यूका का सुराग़ है।' कर्नल बड़बड़ाया।

'सुराग़? वह किस तरह?'

'कुछ ऐसे काग़ज़ात हैं जो किसी तरह ली यूका के लिए शक पैदा करने वाले हो सकते हैं।'

'शक होना और चीज़ है...लेकिन सुराग़!' इमरान नहीं में सिर हिला कर रह गया।

'यह मेरा अपना ख़याल है!...'

'आख़िर आपने किस वजह से यह राय क़ायम की?' इमरान ने पूछा।

'यह बताना मुश्किल है। वैसे मैं इन काग़ज़ात में से कुछ को बिलकुल ही नहीं समझ सका!'

'लेकिन वे काग़ज़ात आपको मिले कहाँ से?'

'बहुत ही हैरत-अंगेज़ तरीक़े से!' कर्नल सिगार सुलगाता हुआ बोला, 'पिछली जंग के दौरान मैं हौंगकौंग में था। वहीं ये काग़ज़ात मेरे हाथ लगे। और यह हक़ीक़त है कि जिससे मुझे काग़ज़ात मिले, वह मुझे ग़लत समझा था...हुआ यह कि एक रात मैं हौंगकौंग के होटल में खाना खा रहा था। एक दुबला-पतला चीनी आ कर मेरे सामने बैठ गया। मैंने महसूस किया कि वह बहुत ज़्यादा ख़ौफ़ज़दा है। उसका पूरा जिस्म काँप रहा था। उसने जेब से एक बड़ा-सा लिफ़ाफ़ा निकाल कर मेज़ के नीचे से मेरे घुटनों पर रख दिया और आहिस्ता से बोला, मैं ख़तरे में हूँ। इसे बी-फ़ोर्टीन पहुँचा देना। फिर इससे पहले कि मैं कुछ कहता, वह तेज़ी से बाहर निकल गया। बात हैरत-अंगेज़ थी। मैंने चुपचाप लिफ़ाफ़ा जेब में डाल लिया। मैंने सोचा, मुमकिन है वो चीनी मिलिट्री सीक्रेट सर्विस का आदमी रहा हो और कुछ अहम काग़ज़ात मेरे ज़रिये किसी ऐसे सेक्शन में पहुँचाना चाहता हो जिसका नाम बी-फ़ोर्टीन हो। मैं उस वक़्त अपनी पूरी वर्दी में था। होटल से वापस आने के बाद मैंने लिफ़ाफ़ा जेब से निकाला। वह सील किया हुआ था। मैंने उसे उसी हालत में रख दिया। दूसरे दिन मैंने 'बी-फ़ोर्टीन' के बारे में पूछना शुरू की लेकिन मिलिट्री की सीक्रेट सर्विस में इस नाम का कोई इदारा नहीं था। पूरे हौंगकौंग में बी-फ़ोर्टीन का कोई सुराग़ न मिल सका। आख़िर मैंने तंग आ कर इस लिफ़ाफ़े को खोल डाला।'

'तो क्या इसमें ली यूका के बारे में पूरी रिपोर्ट थी?' इमरान ने पूछा।

'नहीं...वे तो कुछ तिजारती क़िस्म के काग़ज़ात हैं। ली यूका का नाम उनमें कई जगह दुहराया गया है। कई काग़ज़ात चीनी और जापानी ज़बानों में भी हैं जिन्हें मैं समझ न सका।'

'फिर आप को ली यूका की हिस्ट्री किस तरह मालूम हुई?'

'ओह! तो फिर मैंने हौंगकौंग में ली यूका के बारे में छान-बीन की थी। मुझे सब कुछ मालूम हो गया था, लेकिन यह न मालूम हो सका कि ली यूका कौन है, और कहाँ है। उसके एजेंट आये दिन गिरफ़्तार होते रहते हैं। लेकिन उनमें से आज तक कोई ली यूका का पता न बता सका। वैसे नाम दो सौ साल से ज़िन्दा नहीं है।'

इमरान थोड़ी देर तक कुछ सोचता रहा फिर बोला, 'ये लोग कब से आपके पीछे लगे हैं?'

'आज की बात नहीं!' कर्नल बुझा हुआ सिगार सुलगा कर बोला, 'काग़ज़ात मिलने के छः माह बाद ही से वे मेरे पीछे लग गये थे, लेकिन मैंने उन्हें वापस नहीं किये। कई बार वे चोरी-छुपे मेरे घर में भी दाख़िल हुए, लेकिन उन्हें काग़ज़ात की हवा भी न लग सकी। अब उन्होंने आख़िरी हर्बा इस्तेमाल किया है। यानी मौत के निशान भेजने शुरू किये हैं जिसका यह मतलब है कि अब वे मुझे ज़िन्दा न छोड़ेंगे।'

'अच्छा वो चीनी भी कभी दिखाई दिया था, जिससे काग़ज़ात आपको मिले थे?'

'कभी नहीं...वह कभी नहीं दिखाई पड़ा।'

कुछ देर तक ख़ामोशी रही फिर इमरान बड़बड़ाने लगा।

'आप उसी वक़्त तक ज़िन्दा हैं जब तक काग़ज़ात आपके क़ब्ज़े में हैं।'

'बिलकुल ठीक!' कर्नल चौंक कर बोला, 'तुम वाक़ई बहुत ज़हीन हो!...यही वजह है कि मैं इन काग़ज़ात को वापस नहीं करना चाहता, वरना मुझे इनसे ज़र्रा बराबर भी दिलचस्पी नहीं! बस यह समझ लो कि मैंने साँप का सिर पकड़ रखा है। अगर छोड़ता हूँ तो वो पलट कर यक़ीनन डस लेगा।

'क्या मैं उन काग़ज़ात को देख सकता हूँ?'

'हरगिज़ नहीं। तुम मुझसे साँप की गिरफ़्त ढीली करने को कह रहे हो।'

इमरान हँसने लगा। फिर उसने कहा, 'आपने कैप्टन फ़ैयाज़ को क्यों बीच में डाला?'

'उसके फ़रिश्तों को भी अस्ल वाक़यात की ख़बर नहीं। वह तो सिर्फ़ यह जानता है कि मुझे कुछ आदमियों की तरफ़ से ख़तरा है, लेकिन मैं किसी वजह से सीधे पुलिस को इस मामले में दख़ल देने की दावत नहीं दे सकता!'

'तो आप मुझे भी ये सारी बातें न बताते?' इमरान ने कहा।

'बिलकुल यही बात है!...लेकिन तुम्हारे अन्दर शैतान की रूह मालूम होती है।'

'इमरान की!' इमरान संजीदगी से सिर हिला कर बोला, 'बहरहाल, आपने मुझे बॉडीगार्ड के तौर पर बुलवाया है।'

'मैं किसी को भी न बुलवाता! यह सब कुछ सोफ़िया ने किया है। उसे हालात का इल्म है।'

'और आपके भतीजे?'

'उन्हें कुछ भी मालूम नहीं!'

'आपने उन्हें कुछ बताया तो होगा ही।'

'सिर्फ़ इतना कि कुछ दुश्मान मेरी ताक में हैं और बन्दर उनका निशान है।'

'लेकिन इस तरह भरी हुई राइफ़लों के साथ रात भर जगने का क्या मतलब है! क्या आप यह समझते हैं कि वे आप के सामने आ कर हमला करेंगे?'

'मैं यह भी बच्चों को बहलाने के लिए करता हूँ।'

'ख़ैर, मारिए गोली!' इमरान ने बेपरवाही से कन्धों को हिलाते हुए कहा, 'मैं सुबह की चाय के साथ बताशे और लेमन ड्रॉप्स इस्तेमाल करता हूँ।

४

दूसरी सुबह। सोफ़िया की हैरत की कोई सीमा न रही। जब उसने देखा कि कर्नल उस ख़ब्ती आदमी की ज़रूरत से ज़्यादा ख़ातिर–मदारात कर रहा है।

अनवर और आरिफ़ अपने कमरों ही में नाश्ता करते थे। वजह यह थी कि कर्नल को विटामिनों का ख़ब्त था। उसके साथ उन्हें भी नाश्ते में कुछ तरकारियाँ और भिगोये हुए चने खाने पड़ते थे। उन्होंने देर से सो कर उठना शुरू कर दिया था। आज कल तो एक अच्छा–ख़ासा बहाना हाथ आया था कि वे काफ़ी रात गये तक राइफ़लें लिये टहला करते थे।

आज नाश्ते की मेज़ पर सिर्फ़ सोफ़िया, इमरान और कर्नल थे। इमरान कर्नल से भी कुछ ज़्यादा 'विटामिन–ज़दा' नज़र आ रहा था। कर्नल तो भीगे हुए चने ही चबा रहा था, मगर इमरान ने यह हरकत की कि चनों को छील–छील कर छिलके अलग और दाने अलग रखता गया। सोफ़िया उसे हैरत से देख रही थी जब छिलकों की मिक़दार ज़्यादा हो गयी तो इमरान ने उन्हें चबाना शुरू कर दिया।

सोफ़िया को हँसी आ गयी। कर्नल ने शायद उधर ध्यान

नहीं दिया था। सोफ़िया के हँसने पर वह चौंका और फिर उसके होंटों पर भी हल्की-सी मुस्कुराहट फैल गयी।

इमरान बेवक़ूफ़ों की तरह बारी-बारी से उन दोनों की ओर देखने लगा, लेकिन उसका छिलके उतार कर खाना अब भी जारी था।

'शायद आप कुछ ग़लत खा रहे हैं।' सूफिया ने हँसी रोकने की कोशिश करते हुए कहा।

'हाँय!' इमरान आँखें फाड़ कर बोला, 'ग़लत खा रहा हूँ?'

फिर वह घबरा कर उसी तरह अपने दोनों कान झाड़ने लगा जैसे वह अब तक सारे निवाले कानों ही में रखता रहा हो। सोफ़िया की हँसी तेज़ हो गयी।

'मेरा...मतलब...ये है कि आप छिलके खा रहे हैं।' उसने कहा।

'ओह...अच्छा अच्छा!' इमरान हँस कर सिर हिलाने लगा। फिर उसने संजीदगी से कहा, 'मेरी सेहत रोज़-ब-रोज़ ख़राब होती जा रही है, इसलिए मैं ग़िज़ा का वह हिस्सा इस्तेमाल करता हूँ जिसमें सिर्फ़ विटामिन पाये जाते हैं। ये छिलके विटामिनों से भरे हैं! मैं सिर्फ़ छिलके खाता हूँ। आलू का छिलका...प्याज़ का छिलका...गेहूँ की भूसी...वग़ैरह, वग़ैरह...'

'तुम शैतान हो!' कर्नल हँसने लगा। 'मेरा मज़ाक़ उड़ा रहे हो!'

इमरान अपना मुँह पीटने लगा। 'अरे तौबा तौबा...यह आप क्या कह रहे हैं।' कर्नल बदस्तूर हँसता रहा।

सोफ़िया हैरत में पड़ गयी! अगर यह हरकत किसी और ने की होती तो कर्नल शायद झल्लाहट में राइफ़ल निकाल लेता। कभी वह इमरान को घूरती थी और कभी कर्नल को, जो बार-बार तश्तरियाँ इमरान की तरफ़ बढ़ा रहा था।

'क्या वे दोनों गधे अभी सो रहे हैं?' अचानक कर्नल ने पूछा।

'जी हाँ...!'

'मैं तंग आ गया हूँ उनसे, मेरी समझ में नहीं आता कि आगे चल कर उनका क्या बनेगा।'

सोफ़िया कुछ न बोली। कर्नल बड़बड़ाता रहा।

नाश्ते से निबट कर इमरान बाहर आ गया।

पहाड़ियों में धूप फैली हुई थी। इमरान किसी सोच में डूबा हुआ दूर की पहाड़ियों की तरफ़ देख रहा था। सोनागिरी की शादाब पहाड़ियाँ गर्मियों में काफ़ी आबाद हो जाती हैं। नज़दीक और दूर के मैदानी इलाक़ों की तपिश से घबराये हुए पैसे वाले लोग आम तौर से यहीं पनाह लेते हैं। होटल आबाद हो जाते हैं और स्थानीय लोगों के छोटे-छोटे मकान भी जन्नत-सरीखे बन जाते हैं। वे प्रायः गर्मियों में उन्हें किराये पर उठा देते हैं और ख़ुद छोटी-छोटी झोंपड़ियाँ बना कर रहते हैं। अपने किरायेदारों की ख़िदमत भी करते हैं जिसके बदले में उन्हें अच्छी-ख़ासी आमदनी हो जाती है और फिर सर्दियों का ज़माना इसी कमाई के बल-बूते पर थोड़े-बहुत आराम के साथ गुज़र जाता है।

कर्नल ज़रग़ाम का स्थायी निवास यहीं था। उसकी गिनती

यहाँ के सम्मानित लोगों में होती थी। सोफ़िया उसकी इकलौती लड़की थी। अनवर और आरिफ़ भतीजे थे जो गर्मियाँ अक्सर उसी के साथ गुज़ारते थे।

इमरान ने एक लम्बी अँगड़ाई ली और सामने से नज़रें हटा कर इधर-उधर देखने लगा। शहतूतों की मीठी-मीठी गन्ध चारों तरफ़ फैली हुई थी। इमरान जहाँ खड़ा था, उसे पाईं बाग़ तो नहीं कहा जा सकता, लेकिन था बाग़ ही। आड़ू, ख़ूबानी, सेब और शहतूत के दरख़्त इमरान के चारों तरफ़ फैले हुए थे। ज़मीन पर गिरे हुए शहतूत न जाने कब से सड़ रहे थे और उनकी मीठी गन्ध ज़ेहन पर बुरी लगती थी।

इमरान अन्दर जाने के लिए मुड़ा ही था कि सामने से सोफ़िया आती दिखाई दी। अन्दाज़ से मालूम हो रहा था कि वह इमरान ही के पास आ रही है। इमरान रुक गया।

'क्या आप प्राइवेट जासूस हैं?' सोफ़िया ने आते ही सवाल किया।

'जासूस!' इमरान ने हैरत से दुहराया, 'नहीं तो...हमारे मुल्क में तो प्राइवेट जासूस क़िस्म की कोई चीज़ नहीं पायी जाती।'

'फिर आप क्या हैं?'

'मैं,' इमरान ने संजीदगी से कहा, 'मैं क्या हूँ...मिर्ज़ा ग़ालिब ने मेरे लिए शे'र कहा था...

'हैराँ हूँ दिल को रोऊँ कि पीटूँ जिगर को मैं

मक़दूर हो तो साथ रखूँ नौहागर को मैं!!

'मैं हक़ीक़तन किराये का एक नौहागर (शोक गीत गाने वाला) हूँ! बड़े लोग दिल या जिगर को पिटवाने के लिए मुझे किराये पर हासिल करते हैं। और फिर मैं उन्हें हैरान होने का भी...वो नहीं देता, क्या कहते हैं उसे...हाँ, मौक़ा, मौक़ा...'

सोफ़िया ने नीचे से ऊपर तक उसे घूर कर देखा। इमरान के चेहरे पर बरसने वाली बेवक़ूफ़ी कुछ और ज़्यादा हो गयी।

'आप दूसरों को उल्लू क्यों समझते हैं?' सोफ़िया भन्ना कर बोली।

'मुझे नहीं याद पड़ता कि मैंने कभी किसी उल्लू को भी उल्लू समझा हो।'

'आप आज जा रहे थे?'

'च्च...च्च...! मुझे अफ़सोस है...कर्नल साहब ने तसल्ली के लिए मेरी ख़िदमात हासिल कर ली हैं...मेरा साइड बिज़नेस तसल्ली और दिलासा देना भी है।'

सोफ़िया कुछ देर ख़ामोश रही फिर उसने कहा, 'तो इसका मतलब यह है कि आपने सारे मामलात समझ लिये हैं।'

'मैं अक्सर कुछ समझे–बूझे बग़ैर भी तसल्लियाँ देता रहता हूँ।' इमरान ने गम्भीर हो कर कहा, 'एक बार का ज़िक्र है कि एक आदमी ने मेरी ख़िदमात हासिल कीं...मैं रात भर उसे तसल्लियाँ देता रहा, लेकिन जब सुबह हुई तो मैंने देखा कि उसकी खोपड़ी में दो सूराख़ हैं और वो न दिल को रो सकता है और न जिगर को पीट सकता है।'

'मैं नहीं समझी।'

'इन सूराख़ों से बाद को रिवॉल्वर की गोलियाँ बरामद हुईं थीं...चमत्कार था जनाब, चमत्कार...! सचमुच यह चमत्कारों का ज़माना है। परसों ही अख़बार में मैंने पढ़ा था कि ईरान में एक हाथी ने मुर्ग़ी के अण्डे दिये हैं।'

'आप बहुत सैडिस्ट मालूम होते हैं।' सोफ़िया मुँह बिगाड़ कर बोली।

'आपकी कोठी बड़ी शानदार है।' इमरान ने मौज़ूँ बदल दिया।

'मैं पूछती हूँ, आप डैडी के लिए क्या कर सकेंगे?' सोफ़िया झुँझला गयी।

'दिलासा दे सकूँगा...'

सोफ़िया कुछ कहने ही वाली थी कि बरामदे की तरफ़ से कर्नल की आवाज़ आयी, 'अरे...तुम यहाँ हो...!' फिर वह क़रीब आ कर बोला, 'ग्यारह बजे ट्रेन आती है। वो दोनों गधे कहाँ हैं? तुम लोग स्टेशन चले जाओ...मैं न जा सकूँगा!'

'क्या ये वापस नहीं जायेंगे?' सोफ़िया ने इमरान की तरफ़ देख कर कहा।

'नहीं!' कर्नल ने कहा, 'जल्दी करो साढ़े नौ बज गये है!'

सोफ़िया कुछ देर खड़ी इमरान को घूरती रही फिर अन्दर चली गयी।

'क्या आपके यहाँ मेहमान आ रहे हैं?' इमरान ने कर्नल से पूछा।

'हाँ, मेरे दोस्त हैं!' कर्नल बोला, 'कर्नल डिक्सन...ये एक अंग्रेज़ हैं, मिस डिक्सन, उनकी लड़की और मिस्टर बारतोश...!'

'बारतोश!' इमरान बोला, 'क्या चेकोस्लोवाकिया का बाशिन्दा है।'

'हाँ...क्यों? तुम कैसे जानते हो?'

'इस क़िस्म के नाम सिर्फ़ उधर ही पाये जाते हैं।'

'बारतोश डिक्सन का दोस्त है। मैंने उसे पहले कभी नहीं देखा है। वह तस्वीर बनाता है।'

'क्या वे कुछ दिन ठहरेंगे?'

'हाँ, शायद गर्मियाँ यहीं गुज़ारें!'

'क्या आप उन लोगों से ली यूका वाले मामले का ज़िक्र करेंगे।'

'हरगिज़ नहीं!' कर्नल ने कहा, 'लेकिन तुम्हें इसका ख़याल कैसे आया।'

'यूँही!...अलबत्ता, मैं एक ख़ास बात सोच रहा हूँ।'

'क्या?'

'वे लोग आप पर अभी तक क़रीब-क़रीब सारे तरीक़े इस्तेमाल कर चुके हैं, लेकिन काग़ज़ात हासिल करने में नाकाम रहे। काग़ज़ात हासिल किये बग़ैर वे आपको क़त्ल भी नहीं कर सकते, क्योंकि हो सकता है कि उसके बाद काग़ज़ात किसी और के हाथ लग जायें...अब मैं यह सोच रहा हूँ कि क्या आप लड़की या भतीजों की मौत बर्दाश्त कर सकेंगे?'

'क्या बक रहे हो?' कर्नल काँप कर बोला।

'मैं ठीक कह रहा हूँ...' इमरान ने सिर हिला कर कहा, 'मान लीजिए, वे सोफ़िया को पकड़ लें...फिर आपसे काग़ज़ात की माँग करें...इस सूरत में आप क्या करेंगे?'

'मेरे ख़ुदा!' कर्नल ने आँखें बन्द करके एक खम्भे से टेक लगा ली।

इमरान ख़मोश खड़ा रहा। कर्नल आँखें खोल कर मुर्दा-सी आवाज़ में बोला, 'तुम ठीक कहते हो! मैं क्या करूँ? मैंने इसके बारे में कभी नहीं सोचा था।'

'सोफ़िया को स्टेशन न भेजिए।'

'अब मैं अनवर और आरिफ़ को भी नहीं भेज सकता।'

'ठीक है!...आप ख़ुद क्यों नहीं जाते?'

'मैं उन लोगों को तन्हा भी नहीं छोड़ सकता।'

'इसकी फ़िक्र न कीजिए! मैं मौजूद रहूँगा।'

'तुम!' कर्नल ने उसे इस तरह देखा जैसे वह बिलकुल पागल हो! 'तुम...क्या तुम किसी ख़तरे का मुक़ाबला कर सकोगे?'

'हा...हा...क्यों नहीं...? क्या आपने मेरी हवाई बन्दूक़ नहीं देखी?'

'संजीदगी! मेरे लड़के...संजीदगी।' कर्नल अधीरता से हाथ उठा कर बोला।

'क्या आप कैप्टन फ़ैयाज़ को भी बेवक़ूफ़ समझते हैं?'

'आँ...नहीं।'

'तब फिर आप बेखटके जा सकते हैं। मेरी हवाई बन्दूक़ एक चिड़े से ले कर हिरन तक शिकार कर सकती है।'

'तुम मेरा रिवॉल्वर पास रखो!'

'अरे तौबा-तौबा।' इमरान अपना मुँह पीटने लगा, 'अगर यह सचमुच चल ही गया तो क्या होगा?'

कर्नल कुछ देर इमरान को घूरता रहा फिर बोला, 'अच्छा, मैं उन्हें रोके देता हूँ!'

'ठहरिए! एक बात और सुनिए!' इमरान ने कहा और फिर आहिस्ता-आहिस्ता कुछ कहता रहा। कर्नल के चेहरे की रंगत कभी पीली पड़ जाती थी और कभी वह फिर अपनी अस्ल हालत पर आ जाता था।

'मगर!' थोड़ी देर बाद अपने ख़ुश्क होंटों पर ज़ुबान फेर कर बोला, 'मैं नहीं समझ सकता।'

'आप सब कुछ समझ सकते हैं! अब जाइए...'

'ओह...मगर!'

'नहीं कर्नल...मैं ठीक कह रहा हूँ।'

'तुमने मुझे उलझन में डाल दिया है।'

'कुछ नहीं...बस आप जाइए।'

कर्नल अन्दर चला गया। इमरान वहीं खड़ा कुछ देर तक अपने हाथ मलता रहा। फिर उसके होंटों पर फीकी-सी मुस्कुराहट फैल गयी।

५

अनवर और आरिफ़ दोनों को इसका बड़ा अफ़सोस था कि कर्नल ने उन्हें स्टेशन जाने से रोक दिया। वे इससे पहले कर्नल डिक्सन या उसकी लड़की से नहीं मिले थे। सोफ़िया भी स्टेशन जाना चाहती थी। उसे भी बड़ी कोफ़्त हुई।

'आप नहीं गये कर्नल साहब के साथ?' आरिफ़ ने इमरान से पूछा।

'नहीं।' इमरान ने लापरवाही से कहा और च्यूइंगम चूसने लगा।

'मैंने सुना है कि कर्नल साहब आपसे बहुत ख़ुश हैं।'

'हाँ...आँ, मैं उन्हें रात भर लतीफ़े सुनाता रहा।'

'लेकिन हम लोग क्यों हटा दिये गये थे?'

'लतीफ़े बच्चों के सुनने लायक़ नहीं थे।'

'क्या कहा? बच्चे!' आरिफ़ झल्ला गया।

'हाँ, बच्चे!' इमरान मुस्कुरा कर बोला, 'कर्नल साहब मुझे जवानी के इश्क़ के क़िस्से सुना रहे थे।'

'क्या बकवास है?'

'हाँ बकवास तो थी ही!' इमरान ने संजीदगी से कहा, 'उनकी जवानी के ज़माने में फ़ौजियों पर आशिक़ होने का रिवाज नहीं था! उस वक़्त की लड़कियाँ सिर्फ़ आशिक़ों से इश्क़ करती थीं!'

'समझ में नहीं आता कि आप किस क़िस्म के आदमी हैं?'

'हाँय। अब आप ये समझते हैं कि क़सूर मेरा है।' इमरान ने हैरत से कहा, 'कर्नल साहब ख़ुद ही सुना रहे थे।'

आरिफ़ हँसने लगा। फिर उसने थोड़ी देर बाद पूछा–

'वो बन्दर कैसा था?'

'अच्छा था!'

'ख़ुदा समझे!' आरिफ़ ने भन्ना कर कहा और वहाँ से चला गया।

फिर इमरान टहलता हुआ उस कमरे में आया जहाँ अनवर और सोफ़िया शतरंज खेल रहे थे। वह चुपचाप खड़ा हो कर देखने लगा। अचानक अनवर ने सोफ़िया को शह दी। उसने बादशाह को उठा कर दूसरे ख़ाने में रखा। दूसरी तरफ़ से अनवर ने हाथी उठा कर फिर शह दी। सोफ़िया बचने ही जा रही थी कि इमरान बोल पड़ा–

'ऊँ...हूँह! यहाँ रखिए!'

'क्या...' सोफ़िया झल्ला कर बोली, 'आपको शतरंज आती है या यूँही...बादशाह एक घर से ज़्यादा चल सकता है?'

'तब वो बादशाह हुआ या केचुआ। बादशाह तो मर्ज़ी का मालिक होता है। यह खेल ही ग़लत है। घोड़े की छलाँग ढाई घर की। ऊँट तिरछा सपाटा भरता है, चाहे जितनी दूर चला जाये। रुख़ एक सिरे से दूसरे सिरे तक सीधा दौड़ता है और फ़रज़ी जिधर चाहे चले कोई रोक-टोक नहीं। गोया बादशाह घोड़े से भी बदतर है...क्यों न उसे गधा कहा जाये जो इस तरह एक ख़ाने में रेंगता फिरता है।'

'यार, तुम वाक़ई बुक़रात हो।' अनवर हँस का बोला।

'चलो...चाल चलो!' सोफ़िया ने झल्ला कर अनवर से कहा।

सोफ़िया सोच-समझ कर नहीं खेलती थी, इसलिए उसे जल्दी ही मात हो गयी।

अनवर उसे चिढ़ाने के लिए हँसने लगा था। सोफ़िया उसकी इस ह़रकत की तरफ़ ध्यान दिए बग़ैर इमरान से बोली–

'आपने डैडी को तन्हा क्यों जाने दिया।'

'मैं निहत्था हो कर नहीं जाना चाहता।' इमरान ने कहा।

'क्या मतलब?'

'मैं उनसे कह रहा था कि मैं अपनी हवाई बन्दूक़ साथ ले चलूँगा, लेकिन वो इस पर तैयार नहीं हुए।'

'क्या आप वाक़ई बन्दूक़ से मक्खियाँ मारते हैं?' अनवर ने चंचल मुस्कुराहट के साथ पूछा।

'जनाब!' इमरान सीने पर हाथ रख कर थोड़ा-सा झुका फिर सीधा खड़ा हो कर बोला, 'पिछली जंग में मुझे विक्टोरिया

क्रॉस मिलते-मिलते रह गया। मैं हस्पतालों में मक्खियाँ मारने का काम करता रहा। इत्तफ़ाक़ से एक दिन एक डॉक्टर की नाक पर बैठी हुई मक्खी का निशाना लेते वक़्त ज़रा-सी चूक हो गयी। क़सूर मेरा नहीं, मक्खी का था कि वह नाक से उड़ कर आँख पर जा बैठी। बहरहाल, इस हादसे ने मेरी सारी पिछली ख़िदमात पर सोडा वॉटर फेर दिया।'

'सोडा वॉटर!' अनवर ने क़हक़हा लगाया। सोफ़िया भी हँसने लगी।

'जी हाँ! उस ज़माने में ख़ालिस पानी नहीं मिलता था, वरना मैं यह कहता कि मेरे पिछले कारनामों पर पानी फेर दिया गया।'

'ख़ूब! आप बहुत दिलचस्प आदमी हैं!' सोफ़िया बोली।

'मेरा दावा है कि मेरा निशाना बहुत साफ़ है।'

'तो फिर दिखाइए न।' अनवर ने कहा।

'अभी लीजिए!'

इमरान अपने कमरे से एयरगन निकाल लाया। फिर उसमें छर्रा लगा कर बोला, 'जिस मक्खी को कहिए!'

सामने वाली दीवार पर मक्खियाँ नज़र आ रही थीं। अनवर ने एक की तरफ़ इशारा कर दिया।

'जितने फ़ासले से कहिए!' इमरान बोला।

'आख़िरी सिरे पर चले जाइए।'

'बहुत ख़ूब।' इमरान आगे बढ़ गया। फ़ासला अठारह फ़ुट ज़रूर रहा होगा।

इमरान ने निशाना ले कर ट्रिगर दबा दिया। मक्खी दीवार से चिपक कर रह गयी। सोफ़िया देखने के लिए दौड़ी। फिर उसने अनवर की तरफ़ मुड़ कर आश्चर्य से कहा–

'सचमुच कमाल है! डैडी का निशाना भी बहुत अच्छा है...लेकिन शायद वे भी...'

'ओह, कौन–सी बड़ी बात है!' अनवर शेख़ी में आ गया। 'मैं ख़ुद लगा सकता हूँ।'

उसने इमरान के हाथ से बन्दूक़ ली। थोड़ी देर बाद सोफ़िया भी इस काम में शामिल हो गयी। दीवारों का पलस्टर बर्बाद हो रहा था। उन पर मानो मक्खियाँ मारने का भूत सवार हो गया था। फिर आरिफ़ भी आ कर शामिल हो गया। काफ़ी देर तक यह खेल जारी रहा। लेकिन कामयाबी किसी को भी न हुई। अचानक सोफ़िया बड़बड़ायी, 'लाहौल विला क़ूवत...क्या हिमाक़त है...दीवारें बर्बाद हो गयीं।'

फिर वे झेंपी हुई हँसी हँसने लगे। लेकिन इमरान की बेवक़ूफ़ी–भरी संजीदगी में तनिक भी फ़र्क़ न आया।

'वाक़ई दीवारें बरबाद हो गयीं!' आरिफ़ बोला, 'कर्नल साहब हमें ज़िन्दा दफ़्न कर देंगे।'

'सब आपकी बदौलत!' अनवर ने इमरान की तरफ़ इशारा करके कहा।

'मेरी बदौलत क्यों। मैंने तो सिर्फ़ एक ही मक्खी पर निशाना लगाया था।'

अनवर हँसने लगा। फिर उसने इमरान के कन्धे पर हाथ

रख कर कहा।

'यार, सच बताना, क्या तुम वाक़ई बेवक़ूफ़ हो?'

इमरान ने गम्भीरता से सिर हिला दिया।

'लेकिन कल रात तुमने ड्रग्स की तस्करी के बारे में क्या बात कही थी?'

'मुझे याद नहीं!' इमरान ने हैरत से कहा।

'फिर कर्नल साहब ने हमें हटा क्यों दिया था?'

'इनसे पूछ लीजिएगा!' इमरान ने आरिफ़ की तरफ़ इशारा किया और आरिफ़ हँसने लगा।

'क्या बात थी?' अनवर ने आरिफ़ से पूछा।

'अरे, कुछ नहीं...बकवास!' आरिफ़ हँसता हुआ बोला।

'आख़िर बात क्या थी?'

'फिर बताऊँगा।'

सोफ़िया इमरान को घूरने लगी।

'वो बन्दर कैसा था?' अनवर ने इमरान से पूछा।

'अच्छा-ख़ासा था...आर्ट का एक बेहतरीन नमूना।'

'घास खा गये हो शायद!' अनवर झल्ला गया।

'मुमकिन है लंच में घास ही मिले।' इमरान ने रोनी सूरत बना कर कहा, 'नाश्ते में तो चने के छिलके खाये थे।'

तीनों बेतहाशा हँसने लगे। लेकिन सोफ़िया गम्भीर हो गयी। उसने ग़ुस्सायी आवाज़ में कहा।

'आप डैडी का मज़ाक़ उड़ाने की कोशिश कर रहे थे। पता नहीं वे क्यों ख़ामोश रह गये।'

'मुमकिन है उन्हें ख़याल आ गया हो कि मेरे पास भी हवाई बन्दूक़ मौजूद है।' इमरान ने संजीदगी से कहा, 'और हक़ीक़त ये है कि मैं उनका मज़ाक़ उड़ाने की कोशिश हरगिज़ नहीं कर रहा था...मैं भी विटामिन पर जान छिड़कता हूँ! विटामिनों को ख़तरे में देख कर मुझे पूरी क़ौम ख़तरे में नज़र आने लगती है।'

'क्या बात थी?' अनवर ने सोफ़िया से पूछा।

'कुछ नहीं।' सोफ़िया ने बात टालनी चाही, लेकिन अनवर पीछे पड़ गया। जब सोफ़िया ने महसूस किया कि जान छुड़ानी मुश्किल है तो उसने सारी बात दुहरा दी। इस पर क़हक़हा पड़ा।

'यार, कमाल के आदमी हो।' अनवर हँसता हुआ बोला।

'पहली बार आपके मुँह से सुन रहा हूँ, वरना मेरे डैडी तो मुझे बिलकुल बुद्धू समझते हैं।'

'तो फिर आपके डैडी ही...'

'अररर!' इमरान हाथ उठा कर बोला, 'ऐसा न कहिए! वे बहुत बड़े आदमी हैं...डायरेक्टर जनरल ऑफ़ इंटलिजेंस ब्यूरो!'

'क्या?' अनवर हैरत से आँखें फोड़ कर बोला, 'यानी रहमान साहब!'

'जी हाँ!' इमरान ने लापरवाही से कहा।

'अरे, तो आप वही इमरान हैं...जिन्होंने लन्दन में अमरीकी

गुण्डे मैक्लॉरेंस का गिरोह तोड़ा था!'

'पता नहीं आप क्या कह रहे हैं?' इमरान ने आश्चर्य व्यक्त किया।

'नहीं, नहीं! आप वही हैं।' अनवर के चेहरे पर हवाइयाँ उड़ने लगी थीं। वह सोफ़िया की तरफ़ मुड़ कर बोला, 'हम अभी तक एक बड़े ख़तरनाक आदमी का मज़ाक उड़ा रहे हैं।'

सोफ़िया फटी-फटी आँखों से इमरान की तरफ़ देखने लगी और इमरान ने एक बेवक़ूफ़ी-भरा क़हकहा लगा कर कहा, 'आप लोग न जाने क्या हाँक रहे हैं!'

'नहीं सूफ़ी!' अनवर बोला, 'मैं ठीक कह रहा हूँ। मेरा एक दोस्त राशिद ऑक्सफ़ोर्ड में इनके साथ था। उसने मुझे मैक्लॉरेंस का क़िस्सा सुनाया था। वो मैक्लॉरेंस जिसका वहाँ की पुलिस कुछ नहीं बिगाड़ सकी थी, इमरान साहब से टकराने के बाद अपने गिरोह समेत ख़त्म हो गया था!'

'ख़ूब हवाई छोड़ी है किसी ने!' इमरान ने मुस्कुरा कर कहा।

'मैक्लॉरेंस के सर के दो टुकड़े हो गये थे।' अनवर बोला।

'अरे तौबा-तौबा!' इमरान अपना मुँह पीटने लगा, 'अगर मैंने उसे मारा तो मेरी क़ब्र में कट्टर घुसे...नहीं बिच्छू...भिगू... हाँय नहीं, ग़लत...क्या कहते हैं उस छोटे जानवर को जो क़ब्रों में घुसता है!'

'बिज्जू!' आरिफ़ बोला।

'ख़ुदा जीता रखे...बिज्जू, बिज्जू!'

'इमरान साहब, मैं माफ़ी चाहता हूँ!' अनवर ने कहा।

'अरे, आपको किसी ने बहकाया है।'

'नहीं जनाब, मुझे यक़ीन है।'

सोफ़िया इस दौरान कुछ नहीं बोली। वह बराबर इमरान को घूरे जा रही थी। आख़िर उसने थूक निगल कर कहा–

'मुझे कुछ-कुछ याद पड़ता है कि एक बार कैप्टन फ़ैयाज़ ने आपका ज़िक्र किया था।

'किया होगा...मुझे वह आदमी सख़्त नापसन्द है। उसने पिछले साल मुझसे साढ़े पाँच रुपये उधार लिये थे। आज तक वापस नहीं किये।'

६

पौने बारह बजे कर्नल डिक्सन, उसकी लड़की और मिस्टर बारतोश कर्नल की कोठी में दाख़िल हुए, लेकिन कर्नल उनके साथ नहीं था।

कर्नल डिक्सन अधेड़ उम्र का एक दुबला-पतला आदमी था। आँखें नीली, मगर धुँधली थीं। मूँछों का निचला हिस्सा ज़्यादा तम्बाकू पीने से हल्के भूरे रंग का हो गया था। उसकी लड़की नौजवान और काफ़ी हसीन थी। हँसते वक़्त उसके गालों में छोटे-छोटे भँवर पड़ जाते थे।

बारतोश अच्छी क़द-काठी का आदमी था। उसके चेहरे पर बड़ी कलात्मक क़िस्म की दाढ़ी थी। चेहरे की रंगत में फीकापन था। मगर उसकी आँखें बड़ी जानदार थीं। अगर वे इतनी जानदार न होतीं तो चेहरे की रंगत के आधार पर कम-से-कम पहली नज़र में तो उसे जिगर का मरीज़ ज़रूर ही समझा जा सकता था।

'हैलो बेबी!' कर्नल डिक्सन ने सोफ़िया का कन्धा थपथपाते हुए कहा, 'अच्छी तो हो! मैं सोच रहा था कि तुम लोग स्टेशन ज़रूर आओगे।'

इससे पहले कि सोफ़िया कुछ कहती, डिक्सन की लड़की उससे लिपट गयी।

फिर परिचय शुरू हुआ। जब इमरान की बारी आयी तो सोफ़िया झिझकी।

इमरान आगे बढ़ कर ख़ुद बोला, 'मैं कर्नल ज़रग़ाम का सेक्रेटरी हूँ अनादान...अर...मिस्टर नादान!' फिर वह बड़े बेतुकेपन से हँसने लगा। कर्नल डिक्सन ने लापरवाही के अन्दाज़ में अपने कन्धे सिकोड़े और दूसरी तरफ़ देखने लगा।

'ज़रगी कहाँ है?' कर्नल डिक्सन ने चारों तरफ़ देखते हुए कहा।

'क्या वे आपके साथ नहीं हैं?' सोफ़िया चौंक कर बोली।

'मेरे साथ!' कर्नल डिक्सन ने हैरत से कहा, 'नहीं तो!'

'ओह नहीं...ओह नहीं...!'

'क्या वे आपको स्टेशन पर नहीं मिले।' सोफ़िया के चेहरे पर हवाइयाँ उड़ने लगीं।

सोफ़िया ने इमरान की तरफ़ देखा और उसने अपनी बायीं आँख दबा दी। लेकिन सोफ़िया की परेशानी में कमी नहीं आयी। उसने बहुत जल्दी उससे तन्हाई में मिलने का मौक़ा निकाल लिया।

'डैडी कहाँ गये?'

'पता नहीं!'

'और आप इत्मीनान से बैठे हुए हैं?'

'हाँ...आँ!'

'ख़ुदा के लिए संजीदगी अख़्तियार कीजिए!'

'फ़िक्र मत कीजिए! मैं कर्नल का ज़िम्मेदार हूँ।'

'मैं उन्हें तलाश करने जा रही हूँ।'

'हरगिज़ नहीं! आप कोठी से बाहर क़दम नहीं निकाल सकतीं।'

'आख़िर क्यों?'

'कर्नल का हुक्म।'

'आप अजीब आदमी हैं!' सोफ़िया झुँझला गयी!

'मौजूदा हालात की जानकारी मेहमानों को नहीं होनी चाहिए...उन दोनों को भी मना कर दीजिए।'

'उन्हें इसका इल्म नहीं है।' सोफ़िया ने कहा।

'इतना तो जानते ही हैं कि कर्नल किसी ख़तरे में हैं।'

'हाँ।'

'इसका ज़िक्र भी नहीं होना चाहिए!'

'मेरे ख़ुदा, मैं क्या करूँ।' सोफ़िया रुआँसी आवाज़ में बोली।

'मेहमानों की ख़ातिर!' इमरान शान्त लहजे में बोला।

'आपसे ख़ुदा समझे! मैं पागल हो जाऊँगी!'

'डरने की बात नहीं...कर्नल बिलकुल ख़तरे में नहीं हैं।'

'आप पागल हैं।' सोफ़िया झुँझला कर बोली।

इमरान ने इस तरह सिर हिला दिया जैसे उसे अपने पागलपन पर सहमति हो।

७

शाम हो गयी लेकिन कर्नल ज़रग़ाम वापस न आया। सोफ़िया की समझ में नहीं आ रहा था कि क्या करे। डिक्सन बार-बार ज़रग़ाम के बारे में पूछता था। एक-आध बार उसने यह भी कहा कि शायद अब ज़रगी अपने दोस्तों से घबराने लगा है। अगर यह बात थी तो उसने साफ़-साफ़ क्यों नहीं लिख दिया।

सोफ़िया इस बौखलाहट में यह भी भूल गयी कि इमरान ने उसे कुछ निर्देश दिये थे जिनमें से एक यह भी था कि अनवर और आरिफ़ मौजूदा हालात के बारे में मेहमानों से कोई बात न करें।

सोफ़िया अनवर और आरिफ़ से यह बताना भूल गयी।

और फिर जिस वक़्त आरिफ़ ने यह मूर्खता की तो सोफ़िया वहाँ मौजूद नहीं थी। वह बावर्चीख़ाने में बावर्चियों का हाथ बटा रही थी और इमरान बातें बना रहा था।

डिक्सन वग़ैरह बरामदे में थे। अनवर बारतोश से रफ़ेल की तस्वीरों के बारे में गुफ़्तगू कर रहा था। आरिफ़ डिक्सन की लड़की मार्था को अपने ऐल्बम दिखा रहा था और डिक्सन दूर पहाड़ियों की चोटियों में शाम की लाली की रंगीन लहरें

देख रहा था। अचानक उसने आरिफ़ की तरफ़ मुड़ कर कहा–

'ज़रगी से ऐसी उम्मीद नहीं थी!'

आरिफ़ उस वक़्त मौज में था। उसमें न जाने क्यों उन लोगों के लिए अपनाइयत का एहसास बड़ी शिद्दत से पैदा हो गया। हो सकता है कि इसकी वजह कर्नल की शोख़ और ख़ूबसूरत लड़की मार्था रही हो।

'कर्नल साहब! यह एक बड़ा गहरा राज़ है!' आरिफ़ ने ऐल्बम बन्द करते हुए कहा।

'राज़...' कर्नल डिक्सन बड़बड़ा कर उसे घूरने लगा।

'जी हाँ...वो तक़रीबन बीस दिन से सख़्त परेशान थे। इस दौरान हम लोग रात-रात भर जागते रहे हैं। उन्हें किसी का ख़ौफ़ था। वह कहते थे कि मैं किसी वक़्त भी किसी हादसे का शिकार हो सकता हूँ। और न जाने क्यों वे उसे राज़ ही रखना चाहते थे!'

'बड़ी अजीब बात है। तुम लोग इस पर भी इतने इत्मीनान से बैठे हो...' कर्नल उछल कर खड़ा होता हुआ बोला।

बारतोश और अनवर उन्हें घूरने लगे। अनवर ने शायद उनकी गुफ़्तगू सुन ली थी। इसीलिए वह आरिफ़ को खा जाने वाली नज़रों से घूर रहा था। हालाँकि उसे भी इस बात को मेहमानों से छुपाने की ताकीद नहीं की थी लेकिन उसे कम-से-कम इसका एहसास था कि ख़ुद कर्नल ज़रग़ाम ही उसे राज़ रखना चाहता है।

'सोफ़िया कहाँ है?' कर्नल डिक्सन ने आरिफ़ से कहा।

'शायद किचन में!'

कर्नल डिक्सन ने किचन की राह ली। बाक़ी लोग वहीं बैठे रहे।

सोफ़िया फ्राइंग पैन में कुछ तल रही थी। इमरान उसके क़रीब ख़ामोश खड़ा था।

'सूफ़ी!' कर्नल डिक्सन ने कहा, 'यह क्या मामला है।'

'ओह आप!' सोफ़िया चौंक पड़ी। 'यहाँ तो बहुत गर्मी है, मैं अभी आती हूँ।'

'कोई बात नहीं, यह बताओ ज़रग़ी का क्या मामला है?'

इमरान ने उल्लुओं की तरह अपने आँखें घुमायीं।

'मुझे ख़ुद फ़िक्र है कि डैडी कहाँ चले गये!' सोफ़िया ने कहा।

'झूठ मत बोलो। अभी मुझे आरिफ़ ने बताया है।'

'ओह...वो...' सोफ़िया थूक निगल कर रह गयी। फिर उसने इमरान की तरफ़ देखा।

'बात यह है कर्नल साहब! ये सारी बातें बड़ी अजीब हैं।' इमरान ने कहा।

'ऐसी सूरत में भी जब ज़रग़ाम इस तरह से ग़ायब हो गया है?' कर्नल ने सवाल किया।

'वे अक्सर यही कर बैठते हैं। कई-कई दिन घर से ग़ायब रहते हैं! कोई ख़ास बात नहीं।' इमरान बोला।

'मैं मुतमईन नहीं हुआ।'

'आह...कन्फ़्यूशियस ने भी एक बार यही कहा था।'

कर्नल ने उसे ग़ुस्से-भरी नज़रों से देखा और सोफ़िया से बोला, 'जल्दी आना। मैं बरामदे में तुम्हारा इन्तज़ार करूँगा!'

डिक्सन चला गया।

'बड़ी मुसीबत है।' सोफ़िया बड़बड़ायी, 'मैं क्या करूँ?'

'यह मुसीबत तुमने ख़ुद ही मोल ली है। आरिफ़ को मना क्यों नहीं किया था?' इमरान बोला।

'इन्हीं उलझनों में भूल गयी थी।'

'मैंने तुम्हें इत्मीनान दिलाया था, फिर कैसी उलझन। यहाँ तक़ बता दिया कि कर्नल को मैंने ही एक महफ़ूज़ जगह पर भिजवा दिया है।'

'लेकिन यह उलझन क्या कम थी कि मेहमानों को क्या बताऊँगी!'

'क्या मेहमान इस इत्तला के बग़ैर मर जाते? तुम्हारे दोनों कज़िन मुझे सख़्त नापसन्द हैं, समझीं!'

'अब मैं क्या करूँ! आरिफ़ बिलकुल उल्लू है!'

'ख़ैर...' इमरान कुछ सोचने लगा। फिर उसने कहा, 'जल्दी करो...मैं नहीं चाहता कि अब मेरे बारे में मेहमानों से कुछ कहा जाये।'

दोनों बरामदे में आये। यहाँ अनवर उर्दू में आरिफ़ की ख़ासी मरम्मत कर चुका था और अब वह ख़ामोश बैठा था।

'मुझे पूरे वाक़यात बताओ!' कर्नल डिक्सन ने सोफ़िया

से कहा।

'पूरे वाक़यात का इल्म कर्नल के अलावा और किसी को नहीं।' इमरान बोला।

'किस बात का ख़ौफ़ था उसे?' डिक्सन ने पूछा।

'वे लकड़ी के एक बन्दर से बुरी तरह डरे हुए थे।'

'क्या बकवास है?'

'इसीलिए मैं कहता था कि वाक़यात न पूछिए...मुझे कर्नल साहब की ज़ेहनी हालत पर शक है।' इमरान बोला।

'इसके बावजूद तुम लोगों ने उसे तन्हा घर से बाहर निकलने दिया।'

'उनकी ज़ेहनी हालत बिलकुल ठीक थी।' आरिफ़ ने कहा।

'तू फिर बकवास किये जा रहा है।' अनवर ने उसे उर्दू में डाँटा।

कर्नल डिक्सन अनवर को घूरने लगा।

'तुम लोग बड़े अजीब लग रहे हो।' उसने कहा।

'ये दोनों वाक़ई बड़े अजीब हैं।' इमरान ने मुस्कुरा कर कहा, 'आज ये दिन भर एयरगन से मक्खियाँ मारते रहे हैं!'

मार्था इस वाक्य पर अनायास हँस पड़ी।

'उनसे ज़्यादा अजीब तुम हो।' कर्नल ने व्यंग्य से कहा।

'जी हाँ!' इमरान ने धीरे से सिर हिला कर कहा, 'मक्खियाँ मारने का मशविरा मैंने ही दिया था।'

'देखिए! मैं बताती हूँ!' सोफ़िया ने कहा, 'मुझे हालात

की ज़्यादा जानकारी नहीं...डैडी को एक दिन डाक से एक पार्सल मिला जिसे किसी अनजान आदमी ने भेजा था। पार्सल से लकड़ी का एक छोटा-सा बन्दर मिला और उसी वक़्त से डैडी परेशान नज़र आने लगे। वह रात उन्होंने टहल कर गुज़ारी। दूसरे दिन उन्होंने आठ पहाड़ी नौकर रखे जो रात भर राइफ़लें लिये इमारत के चारों ओर पहरा दिया करते थे। डैडी ने हमें सिर्फ़ इतना ही बताया कि वे किसी क़िस्म का ख़तरा महसूस कर रहे हैं।'

'और उस बन्दर का मतलब क्या था?' बारतोश ने पूछा जो अब तक ख़ामोशी से उनकी बातचीत सुन रहा था।

'डैडी ने उसके बारे में हमें कुछ नहीं बताया। हम अगर ज़्यादा पूछते तो वे नाराज़ हो जाया करते थे।'

'लेकिन तुमने हमसे यह बात क्यों छुपानी चाही थी?' डिक्सन ने पूछा।

'डैडी का हुक्म!...उन्होंने कहा था कि इस बात के फैलने पर ख़तरा और ज़्यादा बढ़ जायेगा।'

'अजीब बात है!' डिक्सन कुछ सोचता हुआ बोला, 'क्या मैं इन हालात में इस छत के नीचे चैन से रह सकूँगा।'

'मेरा ख़याल है कि ख़तरा सिर्फ़ कर्नल के लिए था!' इमरान बोला।

'तुम बेवक़ूफ़ हो!' डिक्सन झुँझला गया, 'मैं ख़तरे की बात नहीं कर रहा। ज़रग़ाम के लिए फ़िक्रमन्द हूँ।'

'कन्फ़्यूशियस ने कहा है...'

'जब तक मैं यहाँ रहूँ, तुम कन्फ़्यूशियस का नाम न लेना,

समझे!' कर्नल बिगड़ गया।

'अच्छा!' इमरान ने किसी आज्ञाकारी बच्चे की तरह सिर हिला कर कहा और जेब से च्यूइंगम का पैकेट निकाल कर उसका काग़ज़ फाड़ने लगा। मार्था फिर हँस पड़ी।

८

पुलिस हेड क्वार्टर के एक कमरे में इन्स्पेक्टर ख़ालिद मेज़ पर बैठा अपनी डाक खोल रहा था। वह तन्दुरुस्त और नौजवान आदमी था। पहले फ़ौज में था और जंग ख़त्म होने के बाद गुप्तचर विभाग में ले लिया गया था। आदमी ज़हीन था, इसलिए उसे इस महकमे में कोई परेशानी पेश नहीं आयी थी। अपने काम के कारण वह सबको पसन्द था। चेहरे की बनावट सख़्त दिल आदमियों की-सी थी, मगर उसके तौर-तरीक़ों से सख़्ती ज़ाहिर नहीं होती थी।

अपनी डाक देखने के बाद उसने कुर्सी से टेक लगायी ही थी कि मेज़ पर रखे हुए फ़ोन की घण्टी बज उठी।

'येस,' उसने रिसीवर उठा कर माउथपीस में कहा, 'ओह...अच्छा! मैं अभी हाज़िर हुआ।'

वह अपने कमरे से निकल कर विभाग के डी.एस. के कमरे की तरफ़ रवाना हो गया। उसने दरवाज़े की चिक हटायी।

'आ जाओ!...' डी. एस. ने कहा। फिर उसने कुर्सी की तरफ़ इशारा किया।

इन्स्पेक्टर ख़ालिद बैठ गया।

'मैंने एक प्राइवेट काम के लिए तुम्हें बुलाया है।'

'फ़रमाइए!'

'फ़ेडरल डिपार्टमेंट के कैप्टन फ़ैयाज़ का एक निजी ख़त मेरे पास आया है।'

'कैप्टन फ़ैयाज़!' ख़ालिद कुछ सोचता हुआ बोला, 'जी हाँ, शायद मैं उन्हें जानता हूँ।'

'उनका एक आदमी यहाँ आया हुआ है। वे चाहते हैं कि उसे जिस क़िस्म की मदद की ज़रूरत है, दी जाये। उसका नाम अली इमरान है और वह कर्नल ज़रग़ाम के घर ठहरा हुआ है।'

'किस सिलसिले में आया है?'

'यह भी उसी आदमी से मालूम हो सकेगा। यह रहा उसका फ़ोटो।' डी. एस. ने मेज़ के दराज़ से एक तस्वीर निकाल कर ख़ालिद की तरफ़ बढ़ायी।

'बहुत अच्छा!' ख़ालिद तस्वीर पर नज़र जमाये बोला, 'मैं ख़याल रखूँगा।'

'अच्छा, दूसरी बात...' डी. एस. ने अपने पाइप में तम्बाकू भरते हुए कहा, 'शिफ़्टेन के केस में क्या हो रहा है?'

'यह एक सिरदर्द है।' ख़ालिद ने लम्बी साँस ले कर कहा, 'मेरा ख़याल है कि इसमें जल्दी कामयाबी नहीं होगी!'

'क्यों?'

'हम यह भी नहीं जानते कि शिफ़्टेन कोई एक फ़र्द है

या गिरोह। इस शिफ़्टेन की तरफ़ से जितने लोगों को भी धमकी-भरे ख़त मिले हैं, वे अब तक तो ज़िन्दा हैं और उनमें से अभी तक किसी ने यह ख़बर नहीं दी कि उनसे कोई रक़म वसूल कर ली गयी है। मैं सोचता हूँ कि शायद कोई शातिर आदमी ख़ामख़ा सनसनी फैलाने के लिए ऐसा कर रहा है। क़रीब-क़रीब शहर के हर बड़े आदमी को इस क़िस्म के ख़त मिले हैं और इन सब में किसी बड़ी रक़म की माँग की गयी है।'

'कोई ऐसा भी है, जिसने इस क़िस्म की कोई शिकायत न की हो?' डी. एस. ने मुस्कुरा कर पूछा।

'मेरा ख़याल है कि शायद ही कोई बचा हो!' ख़ालिद ने कहा।

'ज़ेहन पर ज़ोर दो।'

'हो सकता है कि कोई शायद रह ही गया हो!'

'कर्नल ज़रग़ाम!' डी. एस. ने मुस्कुरा कर कहा, 'उसकी तरफ़ से अभी तक इस क़िस्म की कोई ख़बर नहीं मिली और फ़ेडरल डिपार्टमेंट का सुपरिन्टेंडेण्ट एक ऐसे आदमी के लिए हमसे मदद माँग रहा है जो कर्नल ज़रग़ाम ही के यहाँ ठहरा है। क्या समझे?'

'तब तो ज़रूर कोई बात है।'

'बहुत ही ख़ास!' डी.एस ने मुँह से पाइप निकाल कर कहा, 'मेरा ख़याल है कि तुम ख़ुद ही...उस आदमी से...क्या नाम...अली इमरान से मिलो।'

'मैं ज़रूर मिलूँगा!...मगर मालूम नहीं वह कौन और किस

क़िस्म का आदमी है।?

'बहरहाल...यह तो मिलने पर मालूम हो सकेगा...' डी. एस. ने कहा और अपनी मेज़ पर रखे हुए काग़ज़ों को देखने लगा।

◀◀ ● ▶▶

९

रात के खाने के समय सन्नाटा रहा। सबने बड़ी ख़ामोशी से खाना ख़त्म किया और फिर काफ़ी पीने के लिए बरामदे में जा बैठे।

'सूफ़ी।' कर्नल डिक्सन बोला, 'मैं कहता हूँ कि पुलिस को इसकी ख़बर ज़रूर मिलनी चाहिए!...'

'मेरी भी यही राय है।' बारतोश ने कहा। वह बहुत कम बोलता था।

'मैं क्या करूँ...?' सोफ़िया ने उकताये हुए लहजे में कहा, 'डैड इस मामले को आम नहीं करना चाहते!...पुलिस के तो सिरे से ख़िलाफ़ हैं!...उन्होंने तो एक बार यह भी कहा था कि अगर मैं कभी अचानक ग़ायब हो जाऊँ तो तुम लोग फ़िक्रमन्द मत होना। मैं ख़तरा दूर होते ही वापस आ जाऊँगा, लेकिन पुलिस को इसकी ख़बर हरगिज़ न हो!'

इमरान ने सोफ़िया की तरफ़ प्रशंसात्मक नज़रों से देखा।

'ज़रग़ाम हमेशा रहस्यमय रहा है!' कर्नल डिक्सन बड़बड़ाया।

'यहाँ सभी रहस्यमय हैं।' इमरान ने कहा और मार्था की तरफ़ देख कर हँसने लगा।

'मैं सच कहता हूँ कि तुम्हें अभी तक नहीं समझ सका।' कर्नल डिक्सन ने इमरान से कहा, 'मुझे हैरत है कि ज़रग़ाम ने तुम्हें अपना सेक्रेटरी कैसे बना रखा है। वह तो बहुत ही ग़ुस्से वाला है!'

'मैं उन्हें कन्फ़्यूशियस सुनाया करता हूँ।' इमरान ने संजीदगी से कहा।

'तुमने फिर उसका नाम लिया। क्या तुम मुझे चिढ़ाते हो?' कर्नल बिफर गया।

'नहीं अंकल!' सोफ़िया जल्दी से बोली, 'यह इनकी आदत है।'

'गन्दी आदत है!'

इमरान लापरवाही से कॉफ़ी पीता रहा।

'ये एम.एस-सी. और पी-एच.डी. हैं!' आरिफ़ हँस कर बोला।

'फिर तुमने बकवास शुरू की!' अनवर ने दाँत पीस कर कहा।

'बोलने दो, मैं बुरा नहीं मानता, कन्फ़्यूशियस...अर्र...नहीं हिप!' इमरान ने कहा और बौखलाहट की ऐक्टिंग के साथ अपना मुँह दोनों हाथों से बन्द कर लिया। मार्था और सोफ़िया हँस पड़ीं। इस बार कर्नल भी हँसने लगा। बारतोश का चेहरा बंजर-का-बंजर ही रहा। हल्की-सी मुस्कुराहट की झलक भी न दिखाई

दी।

अचानक उन्होंने फाटक पर क़दमों की आवाज़ सुनी। आने वाला इधर ही आ रहा था। वह अँधेरे में आँखें फाड़ने लगे। बाग़ के आख़िरी सिरे पर काफ़ी अँधेरा था। बरामदे में लगे हुए बल्बों की रोशनी वहाँ तक नहीं पहुँचती थी। फिर आने वाले की टाँगें दिखाई देने लगीं। उसने रास्ता देखने के लिए एक छोटी-सी टॉर्च जला रखी थी। आने वाला रोशनी में आ गया। वह उन सब के लिए अजनबी ही था। एक स्वस्थ आदमी जिसने कत्थई सर्ज का सूट पहन रखा था।

'माफ़ कीजिएगा।' उसने बरामदे के क़रीब आ कर कहा, 'शायद मैंने डिस्टर्ब किया। क्या कर्नल साहब तशरीफ़ रखते हैं?'

'जी नहीं!' सोफ़िया जल्दी से बोली, 'तशरीफ़ लाइए।'

आने वाला एक कुर्सी पर बैठ गया। सोफ़िया बोली-

'वो बाहर गये हैं!'

'कब तक तशरीफ़ लायेंगे?'

'कुछ कहा नहीं जा सकता। हो सकता है कल आ जायें। हो सकता है एक हफ़्ते के बाद!'

'ओह...यह तो बुरा हुआ।' अजनबी ने कहा और मौजूद लोगों पर उचटती-सी नज़रें डालीं। इमरान को देख कर एक पल उस पर नज़र जमाये रहा फिर बोला, 'कहाँ गये हैं?'

'अफ़सोस कि वे अपना प्रोग्राम किसी को नहीं बताते।' सोफ़िया ने कहा, 'आप अपना कार्ड छोड़ जाइए। आते ही उन्हें

बता दिया जायेगा।'

'बहुत जल्दी का काम है।' अजनबी ने अफ़सोस ज़ाहिर किया।

'आप वह काम मुझसे कह सकते हैं।' इमरान बोला, 'मैं कर्नल का प्राइवेट सेक्रेटरी हूँ!'

'ओह,' अजनबी ने आश्चर्य व्यक्त किया। फिर सँभल कर बोला, 'तब तो ठीक है। क्या आप अलग थोड़ी-सी तकलीफ़ करेंगे?'

'बस इतना ही-सा काम था?' इमरान ने मूर्खों की तरह कहा, 'लेकिन मैं अलग थोड़ी-सी तकलीफ़ का मतलब नहीं समझ सका। वह तकलीफ़ किस क़िस्म की होगी। गला तो न घोंट दिया जायेगा।'

'ओह...मेरा मतलब है, ज़रा अलग चलेंगे!'

'मैं अलग ही चलता हूँ। आज तक किसी से टाँग बाँध कर नहीं चला।'

'अरे साहब! कहने का मतलब यह कि ज़रा मेरे साथ आइए!'

'ओह, तो पहले क्यों नहीं कहा।' इमरान उठता हुआ बोला, 'चलिए, चलिए।'

वे दोनों उठ कर बाग़ के फाटक पर आ गये।

'आप अली इमरान साहब हैं!' अजनबी ने पूछा।

'मैं कर्नल का सेक्रेटरी हूँ।'

'सो तो ठीक है...देखिए, मेरा ताल्लुक़ गुप्तचर विभाग से है और नाम है ख़ालिद। हमें फेडरल डिपार्टमेंट के कैप्टन की तरफ़ से हिदायत मिली है कि हम आपकी हर तरह मदद करें।'

'ओह....फ़ैयाज़! हा-हा...बड़ा ग्रेट आदमी है और यारों-का-यार है!...मुझे नहीं मालूम था कि वह इतनी-सी बात के लिए अपने महकमे के आदमियों को ख़त लिख देगा, वाह भाई!'

'बात क्या है?' इन्स्पेक्टर ख़ालिद ने पूछा।

'क्या उसने...वो बात नहीं लिखी?'

'जी नहीं...!'

'लिखता ही क्या...बात यह है मिस्टर ख़ालिद कि मुझे बटेर खाने और बटेर लड़ाने दोनों का शौक़ है और आपके यहाँ बटेरों के शिकार पर पाबन्दी है। फ़ैयाज़ ने कहा था कि मैं इजाज़त दिला दूँगा!'

ख़ालिद कुछ पल हैरत से इमरान को देखता रहा फिर बोला, 'आपने यह क्यों कहा था कि आप कर्नल के सेक्रेटरी हैं?'

'फिर क्या कहता...? शायद आपको दूसरी हैसियत से एतराज़ है। बिलकुल ठीक मिस्टर ख़ालिद! बात दरअस्ल ये है कि मैं यहाँ आया था मेहमान की हैसियत से, लेकिन बाद में नौकरी मिल गयी...कर्नल ने मुझे बेहद पसन्द किया है। मैं उनके लिए दिन भर एयरगन से मक्खियाँ मारता रहता हूँ।'

'आप मुझे टाल रहे हैं जनाब।' ख़ालिद हँस कर बोला।

फिर उसने गम्भीरता से कहा, 'हालाँकि यह मामला बहुत अहम है।'

'कैसा मामला?' इमरान ने हैरत से कहा।

'कुछ भी हो! आप बहुत गहरे आदमी मालूम होते हैं। इसका मुझे यक़ीन है कि आप कैप्टन फ़ैयाज़ के ख़ास आदमियों में से हैं। अच्छा चलिए, मैं आपसे सिर्फ़ एक सवाल करूँगा।'

'ज़रूर कीजिए!'

'क्या! कर्नल ने सीधे फ़ेडरेल डिपार्टमेंट से मदद माँगी थी?'

इमरान चौंक कर उसे घूरने लगा।

'मदद? मैं नहीं समझा।' उसने कहा।

'देखिए जनाब!' ख़ालिद ने कहा, 'हो सकता है कि आप इस महकमे में बहुत दिनों से हों, लेकिन मैं अभी अनाड़ी हूँ। यक़ीनन आप मुझसे सीनियर ही होंगे। इसलिए मैं आपसे मुक़ाबला नहीं कर सकता। लिहाज़ा अब खुल कर बात कीजिए तो शुक्रगुज़ार हूँगा!'

'अच्छा, मैं खुल कर बात करूँगा लेकिन पहले मुझे बात तो समझने दीजिए। आपके ज़ेहन में कर्नल के बारे में क्या है?'

'कुछ नहीं! लेकिन एक बात।' ख़ालिद कुछ सोचता हुआ बोला, 'ठहरिए! मैं बताता हूँ। बात यह है कि आप सोनागिरी में नये आये हैं। हम लोग पिछले एक माह से एक रहस्यमय आदमी या गिरोह शिफ़्टेन की तलाश में हैं, जिसने यहाँ के दौलतमन्द लोगों को धमकी-भरे ख़त लिखे हैं। उनसे बड़ी रक़मों

की माँग की है। धमकी के मुताबिक़, पैसा न देने पर उन्हें क़त्ल कर दिया जायेगा। हाँ, तो कहने का मतलब यह है कि उन सबने इसकी रिपोर्ट की है...मगर...'

'मगर क्या?' इमरान जल्दी से बोला।

'हमें कर्नल ज़रग़ाम की तरफ़ से इस क़िस्म की कोई शिकायत नहीं मिली।'

'तो आप ज़बरदस्ती शिकायत कराना चाहते हैं।' इमरान हँस पड़ा।

'ओह, देखिए, आप समझे नहीं। बात यह है कि आख़िर कर्नल को क्यों छोड़ा गया और अगर इसी तरह की कोई धमकी उसे मिली है तो उसने उसकी रिपोर्ट क्यों नहीं की?'

'वाक़ई आप बहुत गहरे आदमी मालूम होते हैं!' इमरान ने व्यंग्यात्मक लहजे में कहा। 'अच्छा चलिए। फ़र्ज़ कीजिए कि कर्नल को भी धमकी का ख़त मिला तो क्या यह ज़रूरी है कि आपके महकमे को इसकी ख़बर दे। मुमकिन है उन्होंने उसे मज़ाक़ समझा हो। और मज़ाक़ न समझा हो तो कुछ लोग ऐसे भी होते हैं जिन्हें अपने अलावा और किसी पर भरोसा नहीं होता।'

'मैं सिर्फ़ इतना मालूम करना चाहता हूँ कि कर्नल को भी इस क़िस्म का कोई ख़त मिला है या नहीं?'

'मैं भरोसे से नहीं कह सकता!' इमरान बोला। 'मुझे इसकी जानकारी ही नहीं!'

'आपको कैप्टन फ़ैयाज़ ने यहाँ क्यों भेजा है?'

'मेरी खोपड़ी के अन्दर का भेजा बीच से क्रैक हो गया

है। इसलिए गर्मियों में ठण्डी हवा ही मुझे रास आती है!'

'ओह...आप कुछ नहीं बतायेंगे...ख़ैर...अच्छा...इस तकलीफ़ का बहुत-बहुत शुक्रिया! मुझे कर्नल की वापसी का ही इन्तज़ार करना पड़ेगा।'

'वैसे हम फिर भी मिलते रहेंगे!' इमरान ने हाथ बढ़ाते हुए कहा।

'ओह...ज़रूर...ज़रूर!' ख़ालिद ने कहा और हाथ मिला कर विदा हो गया।

इमरान फिर बरामदे में लौट आया। यहाँ सब लोग बैचैनी से उसकी वापसी का इन्तज़ार कर रहे थे।

'कौन था?' सोफ़िया ने पूछा।

'गुप्तचर विभाग का इन्स्पेक्टर ख़ालिद।'

'क्या?' कर्नल डिक्सन ने आचर्य व्यक्त किया।

'क्या बात थी?' सोफ़िया ने अधीर हो कर पूछा।

इस पर इमरान ने पूरी बात दुहरा दी...वे सब हैरत से उसकी तरफ़ देख रहे थे।

उसने सोफ़िया से पूछा, 'क्या कर्नल को शिफ़्टेन की तरफ़ से कभी कोई ख़त मिला है?'

'नहीं।'

'यही तो मैं कह रहा था कि आख़िर उन्होंने अपने प्यारे सेक्रेटरी से उसका ज़िक्र क्यों नहीं किया?'

'तुमने दूसरे मामले का ज़िक्र नहीं किया? कर्नल डिक्सन

ने पूछा।

'हरगिज़ नहीं! भला किस तरह कर सकता था।'

'तुम वाक़ई क्रैक मालूम होते हो।'

'जी हाँ...! कन्फ़्यूशियस...अर्र नहीं, मेरा अपना क़ौल है कि अच्छा मुलाज़िम वही है जो मालिक के हुक्म से न एक इंच इधर जाये न एक इंच उधर!'

'जहन्नुम में जाओ।' कर्नल ग़ुर्रा कर बोला और वहाँ से उठ गया।

१०

इन्स्पेक्टर ख़ालिद सोनागिरी के जेफ़रीज़ होटल के बॉलरूम में खड़ा नाचते हुए जोड़ों का जायज़ा ले रहा था। उसके साथ उसके सेक्शन का डी.एस. भी था।

'देखिए, वो रहा।' ख़ालिद ने इमरान की तरफ़ इशारा करके कहा। इमरान डिक्सन की लड़की मार्था के साथ नाच रहा था।

आज सोफ़िया अपने मेहमानों समेत यहाँ आयी थी। लेकिन उसने नाच में हिस्सा नहीं लिया था।

'अच्छा!' डी.एस. ने आश्चर्य व्यक्त किया। 'यह तो अभी लौंडा ही मालूम होता है...ख़ैर, मैंने कैप्टन फ़ैयाज़ से उसकी हैसियत के बारे में पूछा है। वो इधर शायद ज़रग़ाम की लड़की सोफ़िया है। उसके साथ वो दाढ़ी वाला कौन है?'

'कोई मेहमान है, बारतोश...चेकोस्लोवाकिया का बाशिन्दा और वो कर्नल डिक्सन है। उसकी लड़की मार्था इमरान के साथ नाच रही है।'

'इस इमरान पर गहरी नज़र रखो।' डी.एस. ने कहा, 'अच्छा, अब मैं जाऊँगा।' डी.एस चला गया।

नाच भी ख़त्म हो गया। इमरान और मार्था अपनी मेज़ की तरफ़ लौट आये। ख़ालिद कुछ पल उन्हें घूरता रहा फिर वह भी चला गया।

इमरान बड़ी मौज में था। मार्था दो-तीन दिनों में उससे काफ़ी घुल-मिल गयी थी। वह थी ही कुछ इस क़िस्म की। आरिफ़ और अनवर से भी वह कुछ इस तरह घुल-मिल गयी थी जैसे बरसों पुरानी जान-पहचान हो।

'तुम अच्छा नाचते हो।' उसने इमरान से कहा।

'वाक़ई!' इमरान ने हैरत से कहा, 'अगर यह बात है तो अब मैं दिन-रात नाचा करूँगा। मेरे पापा बहुत ग्रेट आदमी हैं। उन्हें बड़ी ख़ुशी होगी।'

'क्या तुम वाक़ई बेवक़ूफ़ आदमी हो?' मार्था ने मुस्कुरा कर पूछा।

'पापा यही कहते हैं।'

'और बच्चे की मम्मी का क्या ख़याल है?'

'मम्मी जूतियों से मरम्मत करने की स्पेशलिस्ट हैं, इसलिए ख़ास मौक़े पर ही अपने अपने ख़यालात का इज़हार करती हैं।'

'मैं नहीं समझी।'

'न समझी होगी...इंग्लैण्ड में जूतियों से इज़हारे-ख़याल का रिवाज नहीं है।'

इतने में आरिफ़ की किसी बात पर मार्था उसकी तरफ़ मुड़ गयी। वेटर उनके लिए कॉफ़ी की ट्रे ला रहा था। इसमें एक गिलास ऑरेंज स्क्वॉश का भी था। यह सोफ़िया ने अपने

लिए मँगवाया था। वेटर अभी दूर ही था कि उसके क़रीब से गुज़रता हुआ एक आदमी उससे टकरा गया। वेटर लड़खड़ाया ज़रूर, मगर सँभल गया। और उसने ट्रे भी सँभाल ली।

इमरान सामने ही देख रहा था। उसके होंट ज़रा-सा खुले और फिर बराबर हो गये। वह उस आदमी को देख रहा था जो वेटर से टकराने के बाद उससे माफ़ी माँग कर आगे बढ़ गया था।

जैसे ही वेटर ने ट्रे मेज़ पर रखी। इमरान इस तरह दूसरी तरफ़ मुड़ा कि उसका हाथ ऑरेंज स्क्वॉश के गिलास से लगा और गिलास उलट गया।

'ओहो!...क्या मुसीबत है?' इमरान बौखला कर बोला और गिलास सीधा करने लगा।

'तुम शायद कभी शरीफ़ आदमियों के साथ नहीं रहे!' कर्नल डिक्सन झुँझला गया, लेकिन बारतोश उसे अजीब नज़रों से घूर रहा थ।

'मैं अभी दूसरा लाता हूँ!' इमरान ने सोफ़िया की तरफ़ देख कर कहा और गिलास उठा कर खड़ा हो गया। सोफ़िया कुछ न बोली। उसके चेहरे पर भी नागवारी नज़र आ रही थी।

इमरान ने काउण्टर पर पहुँच कर दूसरा गिलास माँगा। इतनी देर में वेटर मेज़ साफ़ कर चुका था। इमरान गिलास ले कर वापस आ गया। सोफ़िया की शलवार और मार्था की स्कर्ट पर ऑरेंज स्क्वॉश के धब्बे पड़ गये थे। ऐसी सूरत में वहाँ ज़्यादा देर तक ठहरना क़रीब-क़रीब नामुमकिन था, लेकिन अब सवाल यह था कि वह उन्हें किस तरह रोके? ज़ाहिर है कि

स्कर्ट और शलवार के धब्बे काफ़ी बड़े थे और दूर से साफ़ नज़र आ रहे थे।

'तुम जैसे बदहवास आदमियों का अंजाम मैंने हमेशा बुरा देखा।' कर्नल डिक्सन इमरान से कह रहा था।

'हाँ।' इमरान सिर हिला कर बोला, 'मुझे इसका तजुर्बा हो चुका है। एक बार मैंने संखिया के धोखे में लेमन ड्रॉप खा लिया था।'

मार्था झल्लाहट के बावजूद मुस्कुरा पड़ी।

'फिर क्या हुआ था?' आरिफ़ ने पूछा।

'बच्चा हुआ था और मुझे अंकल कहता था!' इमरान ने उर्दू में कहा, 'तुम बहुत चहकते हो, लेकिन मार्था तुम पर हरगिज़ आशिक़ नहीं हो सकती।'

'क्या फ़िज़ूल बकवास करने लगे।' सोफ़िया बिगड़ कर बोली।

इमरान कुछ न बोला। वह कुछ सोच रहा था और उसकी आँखें इस तरह फैल गयी थीं जैसे कोई उल्लू अचानक रोशनी में पकड़ लाया गया हो।

थोड़ी देर बाद वे सब वापसी के लिए उठे।

सोफ़िया की शलवार का धब्बा तो लम्बी कमीज़ के नीचे छुप गया, लेकिन मार्था की सफ़ेद स्कर्ट का धब्बा बड़ा बदनुमा मालूम हो रहा था। जैसे-तैसे वह स्टेशन वैगन तक आयी।

इमरान की वजह से जो मज़ा किरकिरा हो गया था, उसका एहसास हर एक को था। लेकिन बुरा-भला सुनाने के अलावा

और उसका कोई कर ही क्या सकता था।

स्टेशन वैगन कर्नल ज़रग़ाम की कोठी की तरफ़ रवाना हो गयी। रात काफ़ी ख़ुशगवार थी और मार्था अनवर के क़रीब की सीट पर बैठी हुई थी। इसलिए अनवर ने गाड़ी की रफ़्तार हल्की रखी थी।

अचानक एक सुनसान सड़क पर उन्हें तीन वर्दी धारी पुलिस वाले नज़र आये जो हाथ उठाये गाड़ी को रुकवाने का इशारा कर रहे थे। अनवर ने रफ़्तार और कम कर दी। स्टेशन वैगन उनके क़रीब पहुँच कर रुक गयी। उनमें एक सब-इन्स्पेक्टर था और दो कॉन्स्टेबल।

सब-इन्स्पेक्टर आगे बढ़ कर गाड़ी के क़रीब पहुँचा कर बोला।

'अन्दर की बत्ती जलाओ।'

'क्यों?' इमरान ने पूछा।

'हमें ख़बर मिली है कि इस गाड़ी में बेहोश लड़की है।'

'हा-हा!' इमरान ने क़हक़हा लगाया। 'बेशक है...बेशक है।'

अनवर ने अन्दर का बल्ब रोशन कर दिया और सब-इन्स्पेक्टर चुँधियाई हुई आँखों से एक-एक की तरफ़ देखने लगा। इमरान बड़ी दिलचस्पी से उसके चेहरे पर नज़र जमाये हुए था।

'कहाँ है?' सब-इन्स्पेक्टर गरजा।

'क्या मैं बेहोश नहीं हूँ?' इमरान नाक पर उँगली रख कर लचकता हुआ बोला, 'मैं बेहोश हूँ तभी तो मर्दाना लिबास

पहनती हूँ। ऐ हटो भी!'

सोफ़िया, अनवर और आरिफ़ बेतहाशा हँसने लगे।

'क्या बेहूदगी है।' सब-इन्स्पेक्टर झल्ला गया।

'लेकिन क्या मैं पूछ सकता हूँ कि इस क़िस्म की ख़बर कहाँ से आयी है?' इमरान ने पूछा।

'कुछ नहीं जाओ! जाओ...वो कोई दूसरी गाड़ी होगी!' सब-इन्स्पेक्टर गाड़ी से हट गया। गाड़ी चल पड़ी।

मार्था सोफ़िया से क़हक़हों की वजह पूछने लगी। फिर वह भी हँसने लगी।

'पता नहीं किस क़िस्म का आदमी है?' उसने कहा।

उसे उम्मीद थी कि इमरान इस पर कुछ कहेगा ज़रूर। लेकिन इमरान ख़ामोश ही रहा। वह किसी गहरी सोच में डूबा हुआ था।

अभी ज़्यादा रात नहीं गुज़री थी, इसलिए घर पहुँच कर वे सब-के-सब किसी-न-किसी तफ़रीह में लग गये। अनवर और बारतोश बिलियर्ड खेल रहे थे। कर्नल डिक्सन और आरिफ़ ब्रिज खेलने के लिए सोफ़िया और मार्था का इन्तज़ार कर रहे थे जो कपड़े बदलने के लिए अपने कमरों में चली गयी थीं।

थोड़ी देर ताद इमरान ने मार्था के कमरे में दरवाज़े पर दस्तक दी।

'कौन है?' अन्दर से आवाज़ आयी।

'इमरान दी ग्रेट फ़ूल।'

'क्या बात है?' मार्था ने दरवाज़ा खोलते हुए पूछा। वह अपना स्कर्ट तब्दील कर चुकी थी।

'मुझे अफ़सोस है कि मेरी वजह से तुम्हारा स्कर्ट ख़राब हो गया।'

'कोई बात नहीं!'

'ओह नहीं! लाओ...स्कर्ट मुझे दो, वरना वो धब्बा बिलकुल ख़राब हो जायेगा।'

'अरे नहीं, तुम उसकी फ़िक्र न करो।'

'लाओ...तो...वरना मुझे और ज़्यादा अफ़सोस होगा!'

'तुमसे तो पीछा छुड़ाना मुश्किल हो जाता है।'

थोड़ी ना-नुकुर के बाद मार्था ने अपना स्कर्ट इमरान के हवाले कर दिया। अब वह सोफ़िया के कमरे में पहुँचा। उसके एक हाथ में मार्था का स्कर्ट था और दूसरे हाथ में दूध की बोतल।

'ये क्या?' सोफ़िया ने हैरत से पूछा।

'धब्बा छुड़ाने जा रहा हूँ! लाओ, तुम भी शलवार दे दो।'

'क्या बेतुकी बात है! इमरान साहब सचमुच आप कभी-कभी बहुत बोर करते हैं।'

'नहीं लाओ!...पानी नहीं लगेगा! दूध से साफ़ करूँगा!'

'मैं कुछ नहीं जानती!' सोफ़िया भन्ना गयी।

इमरान ने शलवार उठा ली जो अभी कुर्सी के हत्थे पर पड़ी हुई थी।

सोफ़िया उकताये हुए अन्दाज़ में उसकी हरकतें देखती रही। उसने एक बड़े प्याले में दूध उलट कर धब्बों को मलना शुरू किया। थोड़ी देर बाद धब्बे साफ़ हो गये। सोफ़िया की बड़ी बालों वाली ईरानी बिल्ली बार-बार प्याले पर झपट रही थी। इमरान उसे हटाता जाता था। जब वह अपने काम से फारिग़ हो चुका तो बिल्ली दूध पर टूट पड़ी। इस बार इमरान ने उसे नहीं रोका।

'क्या पानी से नहीं धो सकते थे। आख़िर आपको अपनी बेवक़ूफ़ी ज़ाहिर करने का इतना शौक़ क्यों है?' सोफ़िया बोली।

'हाँय तो क्या मैंने कोई बेवक़ूफ़ी की है?' इमरान ने आश्चर्य व्यक्त किया।

'ख़ुदा के लिए बोर मत कीजिए!' सोफ़िया ने बेज़ारी से कहा।

'आदम ने जब उस दरख़्त के क़रीब जाने में हिचकिचाहट ज़ाहिर की थी, हव्वा ने भी यही कहा था!'

सोफ़िया कुछ न बोली। उसने बिल्ली की तरफ़ देखा जो दूध पीते-पीते एक तरफ़ लुढ़क गयी थी।

'अरे! यह उसे क्या हो गया।' वह उठती हुई बोली।

'कुछ नहीं!' इमरान ने बिल्ली की टाँग पकड़ कर उसे हाथ में लटका लिया।

'क्या हुआ इसे?' सोफ़िया चीख़ कर बोली।

'कुछ नहीं। सिर्फ़ बेहोश हो गयी है। अल्लाह ने चाहा तो सुबह से पहले होश में नहीं आयेगी।'

'आख़िर ये आप कर क्या रहे हैं?' सोफ़िया के लहजे में आश्चर्य मिश्रित झुँझलाहट थी।

'वो नक़ली पुलिस वाले! एक बेहोश लड़की हमारी गाड़ी में ज़रूर पाते। मगर मैं इस तरह लटका न सकता था।'

'क्या?' सोफ़िया आँखें फाड़ कर बोली, 'तो ये धब्बा...'

'ज़ाहिर है कि वो अमृत धारा के धब्बे नहीं थे।'

'लेकिन इसका मतलब?'

'तुम्हारा...अग़वा...लेकिन मैंने उनकी नहीं चलने दी।'

'आपने जान-बूझ कर गिलास में हाथ मारा था।'

'हाँ!' इमरान सिर हिला कर बोला, 'कभी-कभी ऐसी बेवक़ूफ़ी भी सरज़द हो जाती है।'

'आपको मालूम कैसे हुआ था?'

इमरान ने एक अज्ञात आदमी के वेटर से टकराने की दास्तान दुहराते हुए कहा, 'मेरी बायीं आँख हमेशा खुली रहती है। मैंने उसे गिलास में कुछ डालते देखा था।'

सोफ़िया ख़ौफ़ज़दा नज़र आने लगी। इमरान ने कहा–

'ओह...डरो नहीं!...लेकिन तुम्हें हर हाल में मेरा पाबन्द रहना पड़ेगा!'

सोफ़िया कुछ न बोली। वह इस बेवक़ूफ़ जैसे अक़्लमन्द आदमी को हैरत से देख रही थी।

'और हाँ, देखो! इस वाक़ये का ज़िक्र किसी से न करना!' इमरान ने बेहोश बिल्ली की तरफ़ इशारा करके कहा, 'आरिफ़

और अनवर से भी नहीं!'

'नहीं करूँगी इमरान साहब! आप वाक़ई ग्रेट हैं।'

'काश, मेरे पापा भी यही समझते!' इमरान ने गम्भीर लहजे में कहा।

११

इन्स्पेक्टर ख़ालिद ने बहुत जल्दी में फ़ोन का रिसीवर उठाया।

'मैं ख़ालिद हूँ!' उसने माउथपीस में कहा, 'क्या आप फ़ौरन मुझे वक़्त दे सकेंगे? ओह शुक्रिया, मैं अभी हाज़िर हुआ!'

उसने तेज़ी से रिसीवर रखा और कमरे से निकल गया।

डी.एस. के अर्दली ने उसके लिए चिक उठायी और वह अन्दर चला गया।

डी.एस. ने सिर के इशारे से बैठने को कहा और पाइप को दाँतों से निकाल कर आगे झुक आया।

'कर्नल ज़रग़ाम का मामला बहुत ज़्यादा उलझ गया है।' ख़ालिद बोला।

'क्यों?...कोई नयी बात?'

'जी हाँ और बहुत ज़्यादा अहम! मैंने कर्नल के नौकरों को टटोलने की कोशिश की थी। आख़िर एक ने उगल ही दिया। कर्नल कहीं बाहर नहीं गया, बल्कि यकबयक ग़ायब हो गया है।'

'ख़ूब!' डी.एस. ने पाइप ऐशट्रे में उलटते हुए कहा और ख़ालिद की आँखों में देखने लगा।

'वो अपने मेहमानों को लेने के लिए अकेला स्टेशन गया था। फिर वापस नहीं आया!'

'वाह!' डी.एस. उँगली से मेज़ खटखटाता हुआ कुछ सोचने लगा। फिर उसने कहा, 'उसके घर वालों को तो बड़ी फ़िक्र होगी।'

'क़तई नहीं! यही तो हैरत की बात है।'

'आ हुम्!' डी.एस. ने पैर फैला कर लम्बी अँगड़ाई ली और कुर्सी की पीठ से टिक गया।

'फिर तुम्हारा क्या ख़याल है?' डी.एस. ने थोड़ी देर बाद पूछा।

'मैं अभी तक किसी नतीजे पर नहीं पहुँच सका।'

'वाह, यह भी क्या कोई मुश्किल मसला है!' डी.एस. मुस्कुराया। 'कर्नल ज़रग़ाम भी शिफ़्टेन की धमकियों से न बचा होगा, लेकिन वह ग़ायब हो गया। उसने पुलिस को ख़बर नहीं दी। दूसरों ने पुलिस को ख़बर दी थी और वे सब मौजूद हैं। इस लाइन पर सोचने की कोशिश करो।'

'मैं सोच चुका हूँ!'

'और फिर भी किसी ख़ास नतीजे पर नहीं पहुँचे।'

'जी नहीं!'

'कमाल है!...अरे भई, यह तो एक बहुत ही साफ़ इशारा है।'

'आप ही रहनुमाई कीजिए। मेरी तो अभी शुरुआत है। आप ही से सीखना है मुझे।' ख़ालिद ने कहा।

'देखो...तुम दो ऐसे आदमियों के नाम धमकी के ख़त लिखो जिनमें से एक तुम से वाक़िफ़ हो और दूसरा नावाक़िफ़...' तुम अपनी मौजूदा हैसियत में दोनों को लिखते हो कि वे ख़तरे में हैं और किसी वक़्त भी गिरफ़्तार किये जा सकते हैं। वह शख़्स जो तुम्हें नहीं जानता, उसे मज़ाक़ समझेगा। यही सोचेगा कि किसी ने उसे बेवक़ूफ़ बनाया है। लेकिन उस शख़्स पर उसका क्या असर होगा जो तुमसे और तुम्हारे ओहदे से बख़ूबी वाक़िफ़ है!'

'बदहवास हो जायेगा।' ख़ालिद बोला।

'ठीक! उसी तरह शिफ़्टेन के मामले को ले लो। हमारे लिए भी यह नाम नया है। कर्नल हमारे पास शिकायत ले कर नहीं आया। इसका यह मतलब है कि वह शिफ़्टेन से वाक़िफ़ है और इस तरह ग़ायब हो जाने का मतलब हुआ कि शिफ़्टेन इन्तहाई ख़तरनाक है!...इतना ख़तरनाक कि पुलिस भी उसका कुछ नहीं कर सकती!'

'मैं तो यह सोच रहा था कि कहीं कर्नल ज़रग़ाम ही शिफ़्टेन न हो!' ख़ालिद ने कहा।

'अगर वह शिफ़्टेन है तो उसके बेवक़ूफ़ होने में कोई शुबहा नहीं!' डी.एस. बोला। 'अगर वह शिफ़्टेन ही है तो उसे हमारे पास ज़रूर आना चाहिए था...नहीं...ख़ालिद वह शिफ़्टेन नहीं है। वरना इस तरह ग़ायब न होता!'

'तो फिर अब मुझे क्या करना चाहिए?'

'कर्नल ज़रग़ाम को तलाश करो।'

कुछ देर खामोशी रही फिर डी.एस ने पूछा, 'इमरान का क्या रहा?'

'कुछ नहीं! उसकी शख़्सियत भी बड़ी अजीब है।'

डी.एस. हँसने लगा। फिर उसने कहा, 'कैप्टन फ़ैयाज़ ने मेरे तार का जवाब दिया है। इमरान के बारे में उसने लिखा है कि वह एक परले सिरे का बेवक़ूफ़ आदमी है। फ़ैयाज़ का दोस्त है। यहाँ घूमने आया है। अक्सर हिमाक़तों के सिलसिले में मुसीबतें मोल ले बैठता है। इसीलिए फ़ैयाज़ ने मुझे ख़त लिख दिया था कि अगर ऐसी कोई बात हो तो उसकी मदद की जाये!'

'मगर साहब! वो कर्नल ज़रग़ाम का प्राइवेट सेक्रेटरी कैसे हो गया।'

'मुझे भी फ़ैयाज़ की कहानी पर यक़ीन नहीं!' डी.एस. ने कहा, 'ये फ़ेडरल वाले कभी खुल कर कोई बात नहीं बताते!'

उसके बाद कमरे में गहरी ख़ामोशी छा गयी!

◀◀ ● ▶▶

१२

मेहमानों की वजह से आरिफ़ और अनवर को एक ही कमरे में रहना पड़ता था। यह कमरा सोफ़िया के कमरे से मिला हुआ था और बीच में सिर्फ़ एक दरवाज़ा था।

इमरान ने आरिफ़ के सामने एक प्रस्ताव पेश किया। उसे यक़ीन था कि आरिफ़ फ़ौरन तैयार हो जायेगा। प्रस्ताव यह था कि आरिफ़ इमरान के कमरे में चला जाये और इमरान उसकी जगह अनवर के साथ रहना शुरू कर दे। आरिफ़ इस प्रस्ताव पर खिल उठा, क्योंकि इमरान का कमरा मार्था के कमरे के बराबर था। अनवर को इस तब्दीली पर हैरत हुई और साथ ही अफ़सोस भी। वह सोच रहा था कि काश, इमरान ने अपनी जगह उसे भेजा होता।

'आख़िर आपने वो कमरा क्यों छोड़ दिया?' अनवर ने उससे पूछा।

'अरे भई...क्या बताऊँ! बड़े डरावने ख़्वाब आने लगे थे।' इमरान ने संजीदगी से कहा।

'डरावने ख़्वाब!' अनवर ने आश्चर्य प्रकट किया।

'आहा! क्यों नहीं!...मुझे अंग्रेज़ लड़कियों से बड़ा डर लगता है।'

अनवर हँसने लगा। लेकिन इमरान की गम्भीरता में कोई फ़र्क नहीं पड़ा।

थोड़ी देर बाद अनवर ने कहा, 'लेकिन आपने आरिफ़ को वहाँ भेज कर अच्छा नहीं किया!'

'अच्छा, तो तुम चले जाओ।'

'मेरा...यह मतलब नहीं!' अनवर हकलाया।

'फिर क्या मतलब है?'

'आरिफ़ कोई काम सोच कर नहीं करता।'

'हाँय! तो क्या मैंने उसे वहाँ कोई काम करने के लिए भेजा है।'

'मतलब यह नहीं...बात यह है...'

'तो वही बात बताओ...बताओ न।'

'कहीं वह कोई हरकत न कर बैठे।'

'कैसी हरकत?' इमरान की आँखें और ज़्यादा फैल गयीं।

'ओह! आप समझे ही नहीं। या फिर बन रहे हैं। मेरा मतलब है कि कहीं वह उस पर डोरे न डाले।'

'ओह समझा!' इमरान ने संजीदगी से सिर हिला कर कहा, 'मगर डोरे डालने में क्या नुक़सान है। फ़िक्र की बात तो उस वक़्त थी जब वो रस्सियाँ डालता।'

'डोरे डालना मुहावरा है इमरान साहब!' अनवर झल्लाहट

में अपनी टाँगें पीट कर बोला।

'मैं नहीं समझा!' इमरान ने मूर्खों की तरह कहा।

'उफ़्फ़ोह! मेरा मतलब है कि कहीं वो उसे फाँस न ले।'

'लाहौल विला क़ूवत...तो पहले क्यों नहीं बताया था।' इमरान ने उठते हुए कहा।

'कहाँ चले?'

'ज़रा मार्था को होशियार कर दूँ!'

'कमाल करते हैं आप भी!' अनवर भी खड़ा हो गया। 'अजीब बात है!'

'फिर तुम क्या चाहते हो!'

'कुछ भी नहीं!' अनवर अपनी पेशानी पर हाथ मार कर बोला।

'यार, तुम अपने दिमाग़ का इलाज करो।' इमरान बैठता हुआ नाराज़गी से बोला। 'जब कुछ भी नहीं था तो तुमने मेरा इतना वक़्त क्यों बर्बाद कराया?'

'चलिए, सो जाइए!' अनवर पलँग पर गिरता हुआ बोला, 'आप से ख़ुदा समझे।'

'नहीं, बल्कि तुमसे ख़ुदा समझे और फिर मुझे उर्दू में समझाये। तुम्हारी बातें तो मेरे पल्ले ही नहीं पड़तीं।'

अनवर ने चादर सिर तक घसीट ली।

इमरान बदस्तूर आराम-कुर्सी पर पड़ा रहा। अनवर ने सोने की कोशिश शुरू कर दी थी, लेकिन ऐसे में नींद कहाँ!

उसे यह सोच-सोच कर कोफ़्त हो रही थी कि आरिफ़ मार्था को लतीफ़े सुना-सुना कर हँसा रहा होगा। मार्था ख़ुद भी बड़ी बातूनी थी और बकवास करने वाले उसे पसन्द थे। अनवर में सबसे बड़ी कमज़ोरी यह थी कि वह जिस लड़की के बारे में ज़्यादा सोचता था, उससे खुल कर बात नहीं कर सकता था। आजकल मार्था हर वक़्त उसके ज़ेहन पर छायी रहती थी, इसलिए वह उस से बात करते वक़्त हकलाता ज़रूर था। उसने इमरान की तरफ़ करवट बदलते हुए चादर चेहरे से हटा दी।

'आख़िर कर्नल साहब कहाँ गये?' उसने इमरान से पूछा।

'आहा...बहुत देर में चौंके!' इमरान ने मुस्कुरा कर कहा, 'मेरा ख़याल है कि उन्हें कोई हादसा पेश आ गया।'

'क्या?' अनवर उछल कर बैठ गया।

'ओहो! फ़िक्र न करो। हादसा ऐसा नहीं हो सकता कि तुम्हें परेशान होना पड़े।'

'देखिए इमरान साहब! अब यह मामला बर्दाश्त से बाहर होता जा रहा है। मैं कल सुबह किसी बात की परवाह किये बग़ैर कर्नल साहब की गुमशुदगी की रिपोर्ट दर्ज करा दूँगा।'

इमरान कुछ न बोला। वह किसी गहरी सोच में था। अनवर बड़बड़ाता रहा।

'कर्नल साहब बूढ़े हो गये हैं। मुझे तो लगता है कि उनके दिमाग़ ने काम करना बन्द कर दिया है।'

'हाँ! अच्छा तो वह रिपोर्ट क्या होगी?' उसने पूछा।

'यही कि कर्नल साहब किसी अजनबी आदमी या गिरोह

से डरे थे और अचानक ग़ायब हो गये।

'हूँ, और रिपोर्ट करने में देर की क्या वजह बताओगे?'

'यह भी बड़ी बात नहीं। कह दूँगा कि कर्नल साहब के डर की वजह से देर हुई। वे पुलिस को रिपोर्ट देने के ख़िलाफ़ थे।'

'ठीक है!' इमरान ने कहा। थोड़ी देर कुछ सोचता रहा फिर बोला, 'ज़रूर रिपोर्ट कर दो।'

अनवर हैरान नज़रों से उसे घूरने लगा।

'लेकिन,' इमरान ने कहा, 'तुम मेरे बारे में हरगिज़ कुछ न कहोगे। समझे। मैं सिर्फ़ कर्नल का प्राइवेट सेक्रेटरी हूँ।'

'क्या आप इस वक़्त गम्भीर हैं?'

'मैं गम्भीर कब नहीं था?'

'आख़िर अब आप रिपोर्ट के हक़ में क्यों हो गये?'

'ज़रूरत!...हालात हमेशा बदलते रहते हैं।'

'मेरी समझ में नहीं आता कि आप क्या करना चाहते हैं।'

'हा!' इमरान ठण्डी साँस ले कर बोला, 'मैं एक छोटा-सा बँगला बनवाना चाहता हूँ! एक ख़ूबसूरत-सी बीवी चाहता हूँ और डेढ़ दर्जन बच्चे!'

अनवर फिर झल्ला कर लेट गया और चादर खींच ली।

१३

इमरान ने बारतोश को हैरत से देखा जो ज़मीन पर घुटनों के बल बैठा, एक नन्हे-से पौधे पर झुका हुआ था; शायद उसे सूँघ रहा था।

फिर शायद बारतोश ने भी इमरान को देख लिया। उसने सीधे खड़े हो कर अपने कपड़े झाड़े और मुस्कुरा कर बोला–

'मुझे जड़ी-बूटियों का बेहद शौक़ है।'

'अच्छा!' इमरान ने हैरत ज़ाहिर की, 'तब तो आप उस बूटी से ज़रूर वाक़िफ़ होंगे जिसे खा कर आदमी कुत्तों की तरह भौंकने लगता है।'

बारतोश मुस्कुरा पड़ा। उसने कहा, 'मेरा ख़याल है कि मैंने किसी ऐसी बूटी के बारे में आज तक नहीं सुना।'

'नहीं सुना होगा...लेकिन मैंने सुना है। मुझे जड़ी-बूटियों से इश्क़ है।'

'ओहो!' बारतोश ने आश्चर्य व्यक्त किया। 'अगर यह बात है तो आप ज़रूर मेरी मदद करेंगे।'

'मदद?' इमरान उसे टटोलने वाली नज़रों से देखने लगा।

'हाँ! एक बूटी की तलाश ही मुझे सोनागिरी लायी है।' बारतोश बोला। 'अगर वह मिल जाये...'

इमरान ने पहली बार उसके चेहरे से गम्भीरता को छँटते देखा। उसकी सपाट आँखों में हल्की-सी चमक आ गयी थी और एक पल के लिए ऐसा मालूम हुआ जैसे वह किसी बच्चे का चेहरा हो।

'अगर वह बूटी मिल जाये!' बारतोश ने गला साफ़ करके कहा, 'मैंने सुना है कि वह यहाँ किसी जगह पर ख़ूब मिलती है।'

'लेकिन उसकी ख़ासियत क्या है?' इमरान ने पूछा।

'अभी नहीं...अभी नहीं, मैं फिर बताऊँगा!'

'ख़ूब!' इमरान कुछ सोचने लगा। फिर उसने कहा, 'क्या सोना बनता है उससे?'

'ओह...तुम समझ गये!' बारतोश ने क़हक़हा लगाया।

'बूटी की पहचान क्या है?' इमरान ने पूछा।

'पूरे पौधे में सिर्फ़ तीन पत्तियाँ होती हैं...गोल-गोल-सी!'

'हम ज़रूर तलाश करेंगे।' इमरान ने सिर हिला कर कहा।

वे कर्नल की कोठी से ज़्यादा फ़ासले पर नहीं थे। बारतोश ने एक फ़रलाँग लम्बी ढलान की तरफ़ इशारा करके कहा, 'हमें वहाँ से अपनी तलाश शुरू करनी चाहिए। लम्बी पत्तियों वाली काँटेदार झाड़ियाँ वहाँ बड़ी तादाद में दिखाई दे रही हैं।'

'मगर अभी तो गोल पत्तियों की बात थी।' इमरान बोला।

'ओह...ठीक है! वह बूटी दरअस्ल ऐसी ही झाड़ियों के क़रीब उगती है!' बारतोश ने कहा।

वे दोनों ढलान में उतरने लगे।

'अनवर साहब कहाँ हैं?' बारतोश ने पूछा।

'मैं नहीं जानता!'

'मैं जानता हूँ!' बारतोश मुस्कुरा कर बोला, 'वे कर्नल ज़रग़ाम की गुमशुदगी की रिपोर्ट करने गये हैं।'

'क्या?' इमरान चलते चलते रुक गया।

'हाँ! उन्होंने मुझसे यही कहा था।'

'बेड़ा ग़र्क़ हो गया!' इमरान अपने माथे पर हाथ मार कर बोला।

'आख़िर इसमें हर्ज ही क्या है? मैं नहीं समझ सकता।'

'आप कभी नहीं समझ सकते मिस्टर बारतोश!' इमरान ज़मीन पर उकड़ूँ बैठता हुआ बोला। फिर उसने दोनों हाथों से अपना सिर पकड़ लिया। किसी ऐसी विधवा औरत की तरह जिसकी बीमा की पॉलिसी ज़ब्त कर ली गयी हो।

'आप बहुत परेशान नज़र आ रहे हैं।' बारतोश बोला।

'रंग में भंग हो गया...प्यारे मिस्टर बारतोश!'

'क्या हुआ?'

'कुछ नहीं...' इमरान बोला, 'अब यह शादी हरगिज़ न हो सकेगी।'

'कैसी शादी?'

'कर्नल ज़रग़ाम की शादी?'

'साफ़-साफ़ बताइए!' बारतोश उसे घूरने लगा।

'वे अपनी लड़की से छुपा कर शादी कर रहे हैं।'

'ओह...तब वाक़ई...' बारतोश कुछ कहते कहते रुक गया। वह चन्द लम्हे सोचता रहा फिर हँस कर बोला, 'मेरा ख़याल है कि कर्नल काफ़ी बूढ़ा होगा...बुढ़ापे की शादी बड़ी बेमज़ा चीज़ है...मुझे देखिए, मैंने आज तक शादी ही नहीं की...'

'यह बहुत अच्छी बात है!' इमरान सिर हिला कर बोला, 'हम शायद किसी बूटी की तलाश में नीचे जा रहे थे।'

'ओह...हाँ!' बारतोश ने कहा और फिर वे ढलान में उतरने लगे। नीचे पहुँच कर उन्होंने बूटी की तलाश शुरू कर दी। इमरान बड़े ध्यान से काम में लगा था। ऐसा मालूम हो रहा था जैसे वह ख़ुद ही बारतोश को उस काम के लिए अपने साथ लाया हो। वे कोठी से काफ़ी दूर निकल आये थे और कुछ इस क़िस्म की चट्टानें बीच में यकायक आ गयी थीं कि कोठी भी नज़र नहीं आ रही थी।

'मिस्टर बारतोश!' इमरान एकाएक बोला, 'अभी तो हमें एक भी ख़रगोश नहीं दिखाई दिया...मेरा ख़याल है कि इस तरफ़ ख़रगोश पाले ही नहीं जाते।'

'ख़रगोश!' बारतोश ने हैरत से कहा।

'बेकार है! वापस चलिए!' इमरान बोला, 'मुझे पहले ही सोचना चाहिए था। यहाँ खरग़ोश बिलकुल नहीं हैं।'

'हम बूटी की तलाश में आये थे!' बारतोश ने कहा।

'ओह...लाहौल विला क़ूवत...मैं अभी तक ख़रगोश तलाश करता रहा।' इमरान ने बुरा-सा मुँह बनाया।

लेकिन वह वास्तव में अपने आस-पास से बेख़बर नहीं था। उसने दायीं हाथ वाली चट्टान के पीछे से तीन सिर उभरते देख लिये थे।

बारतोश की नज़र पौधों में भटक रही थी।

अचानक पाँच-छः आदमियों ने चट्टानों की ओट से निकल कर उन्हें घेर लिया। उन्होंने अपने चेहरे नक़ाबों से छुपा रखे थे। उनमें दो के हाथों में रिवॉल्वर थे।

'यह क्या है?' बारतोश ने बौखला कर इमरान से पूछा।

'पता नहीं!' इमरान ने लापरवाही से अपने ही कन्धे हिलाये।

'क्या चाहते हो तुम लोग?' अचानक बारतोश चीख़ कर उन लोगों की तरफ़ झपटा। लेकनि दूसरे ही पल एक आदमी ने उसके माथे पर मुक्का रसीद कर दिया और बारतोश इस तरह गिरा कि फिर न उठ सका। शायद वह बेहोश हो गया था।

'चलो, बाँध लो उसे!' एक ने इमरान की तरफ़ इशारा करके अपने साथियों से कहा।

'एक मिनट!' इमरान ने हाथ उठा कर कहा। वह कुछ देर उन्हें घूरता रहा फिर बोला, 'मैं झूठ बोल रहा था। यहाँ ख़रग़ोश पाये जाते हैं।'

'क्या बकवास है?'

'जी हाँ।'

'पकड़ो इसे!' उसने फिर साथियों को ललकारा।

'बस एक मिनट!' इमरान ने कहा, 'मैं ज़रा वक़्त देख लूँ...मुझे डायरी लिखनी पड़ती है।'

उसने अपनी कलाई पर बँधी हुई घड़ी की तरफ़ देखा और फिर मायूस अन्दाज़ में सिर हिला कर बोला, 'मुझे अफ़सोस है कि घड़ी बन्द हो गयी। अब आप लोग फिर कभी मिलिएगा!'

तीन आदमी उस पर टूट पड़े। इमरान उछल कर पीछे बैठ गया। वह तीनों अपने ही ज़ोर में एक-दूसरे से टकरा गये। फिर एक ने सँभल कर इमरान पर दो बार छलाँग लगायी।

'अरे-अरे...यह क्या मज़ाक़ है!' इमरान ने कहते हुए झुक कर उसके सीने पर टक्कर मारी और वह चारों खाने चित गिरा।

'ख़बरदार...गोली मार दूँगा!' इमरान ने जेब से फ़ाउण्टेनपेन निकाल कर बाक़ी दो आदमियों को धमकी दी जो उसकी तरफ़ बढ़ रहे थे। उनमें से एक को हँसी आ गयी।

'हाथ उठाओ अपने!' रिवॉल्वर वाला गरजा।

इमरान ने चुपचाप अपने दोनों हाथ ऊपर उठा दिये।

उसकी तरफ़ बढ़ते हुए आदमियों में से एक ने अपनी जेब से रेशम की डोर का लच्छा निकाला और जैसे ही उसने इमरान के हाथ पकड़ने की कोशिश की, इमरान ने फ़ाउन्टेनपेन उसके दाहिने बाज़ू पर रख दिया।

वह एकदम चीख़ कर न सिर्फ़ पीछे हट गया, बल्कि उछल कर उन दोनों की तरफ़ भागा जिनके पास रिवॉल्वर थे

और फिर उसने एक के हाथ से रिवॉल्वर छीन कर बेतहाशा इमरान पर फ़ायर कर दिया।

फिर उन्होंने इमरान की चीख़ सुनी। वह ज़मीन पर गिर कर ढलान में लुढ़क रहा था।

'यह क्या किया तूने,' वह आदमी चीख़ा जिसके हाथ से रिवॉल्वर छीना गया था। फिर वह फ़ायर करने वाले को एक तरफ़ धकेल कर तेज़ी से आगे बढ़ा।

चट्टान के सिरे से आ कर उसने नीचे देखा। उसे इमरान की टाँगें दिखाई दीं। बाक़ी जिस्म एक बड़े से पत्थर की ओट में था। वह तेज़ी से नीचे उतरने लगा।

फिर जैसे ही वह पत्थर पर हाथ टेक कर इमरान की लाश पर झुका, लाश ने दोनों हाथों से उसकी गर्दन पकड़ ली।

हमलावर ने बड़ा ज़ोर मारा मगर उसकी गर्दन इमरान की गिरफ़्त से न निकल सकी। अब इमरान उठ कर बैठ गया था। ऊपर दूसरे हमलावर भी चट्टान के सिरे पर आ गये थे।

'ख़बरदार!...छोड़ दो! वरना गोली मार दूँगा।' ऊपर से किसी ने चीख़ कर कहा।

इमरान के शिकार पर क़रीब-क़रीब बेहोशी-सी छाने लगी थी, लिहाज़ा उसने यही उचित समझा कि अब उसे अपनी ढाल ही बना ले।

'मार दो गोली।' इमरान ने कहा, 'मगर शर्त ये है कि गोली इसका सीना छेदती हुई मेरे कलेजे के पार हो जाये। या फिर अपने दोनों रिवॉल्वर यहाँ मेरे पास फेंक दो। वरना मैं इसे

जन्नत की तरफ़ रवाना कर दूँगा।'

उसकी गिरफ़्त में जकड़े हुए नक़ाबपोश के हाथ-पैर ढीले हो गये थे। ऊपर से किसी ने कोई जवाब न दिया।

इमरान ने फिर हाँक लगाई, 'तो मैं ख़त्म करता हूँ क़िस्सा।'

'ठहरो!' ऊपर से आवाज़ आयी।

'कितनी देर ठहरूँ? मैंने ऐसा वाहियात बिज़नेस आज तक नहीं किया। भई, इस हाथ ले, उस हाथ ले।'

'मार दो गोली, परवाह न करो।' किसी दूसरे ने कहा।

अचानक एक फ़ायर हुआ और वे सब बौखला गये। सामने वाली चट्टानों से किसी ने दो फ़ायर उन पर किये।

उन्होंने भी एक बड़े पत्थर की आड़ ले ली और सामने वाली चट्टानों पर फ़ायर करने लगे। इमरान ने बेहोश आदमी को तो वहीं छोड़ा और ख़ुद एक दूसरे पत्थर की ओट में हो गया जो दोनों तरफ़ के मोर्चों की पहुँच से बाहर था। वह सोच रहा था कि आख़िर दूसरी तरफ़ से फ़ायर करने वाला कौन हो सकता है। क्या कोठी तक इस हंगामे की ख़बर पहुँच गयी। फिर उसे बारतोश का ख़याल आया जिसे वह ऊपर ही छोड़ आया था।

काफ़ी देर तक दोनों तरफ़ से गोलियाँ चलती रहीं। इमरान वैसे ही पत्थर की ओट में छुपा रहा। अगर वह ज़रा भी सिर उठाता तो किसी भी तरफ़ की गोली उसके सिर के परख़चे उड़ा देती। उसके हाथ में अब भी फ़ाउन्टेनपेन दबा हुआ था, लेकिन उसमें निब की बजाय एक छोटा-सा चाक़ू था। इमरान ने जेब

से उसका ढक्कन निकाल कर उस पर फ़िट किया और फिर उसे जेब में डाल लिया। अचानक फ़ायर की आवाज़ें बन्द हो गयीं। शायद तीन-चार मिनट तक सन्नाटा रहा। फिर सामने से एक फ़ायर हुआ। लेकिन नक़ाबपोशों की तरफ़ से इसका जवाब नहीं दिया गया। थोड़े-थोड़े अन्तराल से दो-तीन फ़ायर हुए मगर नक़ाबपोशों की तरफ़ ख़ामोशी ही रही।

इमरान रेंगता हुआ पत्थर की ओट से निकला और फिर उस तरफ़ बढ़ा जहाँ उसने बेहोश नक़ाबपोश को छोड़ा था। मगर वह अब वहाँ नहीं था।

उसने अपने पीछे क़दमों की आवाज़ सुनी। वह तेज़ी से मुड़ा। लेकिन दूसरे ही लम्हे उसके होटों पर मुस्कुराहट फैल गयी, क्योंकि आने वाला इन्स्पेक्टर ख़ालिद था।

'कहीं चोट तो नहीं आयी?' ख़ालिद ने आते ही पूछा। फिर वह ऊपर की तरफ़ देखने लगा।

'आयी तो है!' इमरान ने बिसूर कर कहा।

'कहाँ?'

जवाब में इमरान ने सीने पर हाथ रखते हुए कहा, 'यहाँ...क्योंकि मुक़ाबला चन्द पर्दानशीन औरतों से था।'

ख़ालिद हँसता हुआ ऊपर चढ़ने लगा। इमरान उसके पीछे था।

ऊपर उन्हें बेहोश बारतोश के अलावा और कोई दिखाई न दिया। क़रीब ही रिवॉल्वर के बहुत-से ख़ाली कारतूस पड़े हुए थे। ख़ालिद चट्टानें फलाँगता हुआ काफ़ी दूर निकल गया

था। इमरान बारतोश पर नज़र जमाये खड़ा रहा।

'इतनी लम्बी बेहोशी, प्यारे बारतोश!' इमरान बड़बड़ाया और उसके क़रीब ही इस अन्दाज़ में बैठ गया जैसे कोई औरत अपने शौहर की लाश पर बैन करते-करते थोड़ी देर के लिए ख़ामोश हो गयी हो।

ख़ालिद हाँफता हुआ वापस लौट आया।

'भाग गये!' उसने इमरान के क़रीब बैठते हुए कहा। फिर थोड़ी देर बाद बोला, 'अब आप इनकार नहीं कर सकते।'

'किस बात से?' इमरान ने गम्भीर लहजे में पूछा।

'इसी से कि आप इनसे वाक़िफ़ नहीं हैं।'

'ओह...मैंने बताया न कि चन्द औरतें...!'

'इमरान साहब!' ख़ालिद एतराज़ में हाथ उठा कर बोला, 'आप क़ानून से टकराने की कोशिश कर रहे हैं। हमें मजबूर न कीजिए कि हम आपके ख़िलाफ़ कोई कार्रवाई कर बैठें।'

'यार, अक़्ल पर नाख़ून मारो...या जो कुछ भी मुहावरा हो।' इमरान बेज़ारी से बोला, 'अगर मैं उन्हें जानता ही होता तो वे पर्दानशीन बन कर क्यों आते? वाह ख़ूब, अच्छा पर्दा है कि चिलमन से लगे बैठे हैं।'

ख़ालिद किसी सोच में पड़ गया।

'तुम यहाँ तक पहुँचे किस तरह?' इमरान ने पूछा।

आप की तलाश में कोठी की तरफ़ गया था। वहाँ मालूम हुआ कि आप इधर आये हैं। यहाँ आया तो यह मामला पेश आया। मजबूरन मुझे भी गोलियाँ चलानी पड़ीं।'

'शुक्रिया!' इमरान ने संजीदगी से कहा। 'लेकिन एक बात समझ में नहीं आयी?

'क्या...' ख़ालिद उसे घूरने लगा।

'कोठी यहाँ से बहुत फ़ासले पर नहीं है कि वहाँ तक फ़ायरों की आवाज़ें न पहुँची होंगी।'

'ज़रूर पहुँची होंगी।'

'लेकिन फिर भी कोई इधर न आया...हैरत की बात है या नहीं!'

'है तो।' ख़ालिद बोला और उसे सन्देह की नज़रों से देखने लगा।

बारतोश दो-तीन बार हल्के से हिला और फिर हड़बड़ा कर उठ बैठा। चारों तरफ़ फटी-फटी आँखों से देख कर उसने आँखें मलनी शुरू कर दीं। फिर उछल कर खड़ा हो गया।

'वो...वो...लोग...!' वह इमरान की तरफ़ देख कर हकलाया।

'वो लोग सारी बूटियाँ खोद कर ले गये।' इमरान ने गम्भीर लहजे में कहा फिर उठता हुआ बोला, 'अब हमें वापस चलना चाहिए।'

वे कोठी की तरफ़ चल पड़े। बारतोश सहारे के लिए इमरान के कन्धे पर हाथ रखे लँगड़ाता हुआ चल रहा था।

'इन्हें क्या हुआ था?' ख़ालिद ने पूछा।

'इन्हें बूटी हो गया था।' इमरान बोला।

१४

कोठी के क़रीब पहुँच कर इमरान अपने नथुने इस तरह सिकोड़ने लगा जैसे कुछ सूँघने की कोशिश कर रहा हो। फिर वह अचानक चलते-चलते रुक कर ख़ालिद की तरफ़ मुड़ा।

'क्या आप भी किसी क़िस्म की बू महसूस कर रहे हैं?' उसने पूछा।

'हाँ, महसूस तो कर रहा हूँ! कुछ मीठी मीठी-सी बू! शायद यह सड़ते हुए शहतूतों की बू है।'

'हरगिज़ नहीं!' वह कोठी की तरफ़ दौड़ता हुआ चला गया...फिर पिछले दरवाज़े में दाख़िल होते ही दोबारा उछल कर बाहर आ गया। इतने में ख़ालिद और बारतोश भी उसके क़रीब पहुँच गये।

'क्या बात है?' ख़ालिद ने घबराए हुए लहजे में पूछा।

'अन्दर कुछ गड़बड़ ज़रूर है।' इमरान आहिस्ता से बोला, 'नहीं, अन्दर मत जाओ वहाँ सिंथेलिक गैस भरी हुई है!...यह मीठी-मीठी-सी बू उसी की है?'

'सिंथेलिक गैस!' ख़ालिद बड़बड़ाया। 'यह क्या बला है।'

'ज़ेहन को कुछ देर के लिए सुन्न कर देने वाली गैस। मेरा ख़याल है कि अन्दर कोई भी होश में न होगा।' इमरान बोला।

अचानक उन्होंने एक चीख़ सुनी और साथ ही कर्नल डिक्सन इमारत के पिछले दरवाज़े से उछल कर नीचे आ रहा। वह बेचैनी से अपने हाथ-पैर पटक रहा था। उसका चेहरा सुर्ख़ हो गया था और आँखों और नाक से पानी बह रहा था।

ख़ालिद ने उससे कुछ पूछना चाहा लेकिन इमरान जल्दी से हाथ उठा कर बोला–

'कुछ पूछने का वक़्त नहीं है। हमें अन्दर वालों के लिए कुछ करना चाहिए, वरना मुमकिन है उनमें से कोई मर ही जाये।' फिर उसने बारतोश को वहीं ठहरने को कहा और ख़ालिद को अपने पीछे आने का इशारा करके बेतहाशा दौड़ने लगा। वे दोनों चक्कर काट कर कोठी के बाहरी बरामदे में आये। यहाँ बू और ज़्यादा तेज़ थी। इमरान ने अपनी नाक दबायी और तीर की तरह अन्दर घुसता चला गया। ख़ालिद ने भी उसका पीछा किया। लेकिन थोड़ी ही दूर चलने के बाद उसका दम घुटने लगा। वह पलटने के बारे में सोच ही रहा था कि उसने इमरान को देखा जो किसी को पीठ पर लादे हुए वापस आ रहा था। ख़ालिद एक तरफ़ हट गया और फिर वह भी उसी के साथ बाहर चला गया।

इमरान ने बेहोश आरिफ़ को बाहर बाग़ में डालते हुए कहा, 'यार, हिम्मत करो। उन सब की ज़िन्दगियाँ ख़तरे में हैं। क्या तुम दस-पाँच मिनट साँस नहीं रोक सकते?'

फिर किसी-न-किसी तरह उन्होंने एक-एक करके उन सबको कोठी से निकाला, मगर सोफ़िया उनमें नहीं थी। इमरान ने पूरी कोठी का चक्कर लगा डाला, लेकिन सोफ़िया कहीं न मिली।

उन्हें होश में लाने और कोठी का वातावरण साफ़ होने में तक़रीबन दो घण्टे लग गये।

उनमें से किसी ने भी कोई ढंग की बात न बतायी। किसी को इसका एहसास नहीं हो सका था कि वह सब क्यों और किस तरह हुआ।

'इमरान साहब।' ख़ालिद बड़े ग़ुस्से में बोला, 'पानी सिर से ऊँचा हो चुका है। अब आपको बताना ही पड़ेगा। यह वाक़या इतना पेचीदा भी नहीं है कि मैं कुछ समझ ही न सकूँ। आख़िर कर्नल की साहबज़ादी कहाँ ग़ायब हो गयीं?'

'अगर तुम समझ गये हो तो मुझे बता दो! मैं तो कुछ नहीं जानता।' इमरान ने उम्मीद के ख़िलाफ़ बड़े ख़ुश्क लहजे में कहा।

'या तो यह ख़ुद साहबज़ादी ही की हरकत है या फिर किसी और की जो इस तरह उन्हें उठा ले गया।' ख़ालिद बोला।

'उसे शिफ़्टेन ले गया।' इमरान ने कहा।

'तो आख़िर अब तक वक़्त बर्बाद करने की क्या ज़रूरत थी?' ख़ालिद झुँझला गया।

'वक़्त की बर्बादी से तुम्हारा क्या मतलब है?' इमरान ने ख़ुश्क लहजे में पूछा।

'जब मैं ने शिफ़्टेन के बारे में पूछा था तो आपने कहा था कि नहीं जानता। फिर आपने इस सिलसिले में उसका नाम क्यों लिया?'

'तो फिर क्या शहंशाह बाऊडाई का नाम लेता?'

'देखिए, आप ऐसी सूरत में भी मामले को उलझाने से बाज़ नहीं आ रहे!'

'यार, मैं हूँ कौन।' इमरान गर्दन झटक कर बोला, 'तुम सरकारी आदमी हो। इस सिलसिले में हम लोगों के बयान नोट करो। कुछ तसल्ली-दिलासे दो। मुझ पर चन्द पर्दानशीन औरतों ने हमला किया। इसका हाल भी लिखिए, वग़ैरह, वग़ैरह।'

'मैं आपको अपने साथ ऑफ़िस ले चलना चाहता हूँ।' ख़ालिद बोला।

'देखो दोस्त, मैं वक़्त बर्बाद करने के लिए तैयार नहीं।'

'मुझे कोई सख़्त क़दम उठाने पर मजबूर न कीजिए।' ख़ालिद का लहजा कुछ तेज़ हो गया।

'अच्छा...यह बात है।' इमरान व्यग्यांत्मक अन्दाज़ में बोला, 'क्या कर लेंगे जनाब! क्या इस कोठी के किसी फ़र्द ने आपसे मदद तलब की है। आप हमारे मामलों में दख़ल देने वाले होते ही कौन हैं?'

दूसरे लोग सोफ़ों पर ख़ामोश पड़े उनकी गुफ़्तगू सुन रहे थे। किसी में भी इतनी ताक़त नहीं रह गयी थी कि कुछ कहने के लिए ज़बान हिला सकता। उनकी हालत बिलकुल तमाशाइयों जैसी थी। इन्स्पेक्टर ख़ालिद ने उन पर एक उचटती-सी नज़र

डाली और इमरान से बोला, 'इमरान साहब! मुझे कैप्टन फ़ैयाज़ का ख़याल है...वरना!'

अचानक बारतोश ने हस्तक्षेप किया। उसने अंग्रेज़ी में कहा, 'लड़की के लिए तुम लोग क्या कर रहे हो? यक़ीनन यह उन्हीं बदमाशों की हरकत लगती है।'

'हाँ माई डियर मिस्टर ख़ालिद।' इमरान सर हिला कर बोला, 'फ़िलहाल हमें देखना चाहिए कि सोफ़िया कहाँ गयी?'

ख़ालिद कुछ न बोला। इमरान कमरे से बरामदे में आ गया। ख़ालिद ने उसका अनुसरण किया।

'ऐसी जगह, जहाँ आबादी न हो, मकान बनाना बहुत बुरा है,' बारतोश ने कहा, जो दरवाज़े में खड़ा चारों तरफ़ देख रहा था।

अचानक इमरान बरामदे से उतर कर एक तरफ़ चलने लगा। फिर वह गुलाब की झाड़ियों के पास रुक कर झुका।

यह एक काले रंग का ज़नाना सैंडिल था जिसने उसका ध्यान अपनी तरफ़ खींचा था।

ख़ालिद और बारतोश भी उसके क़रीब पहुँच गये।

'ओह...यह तो लड़की ही का मालूम होता है।'

इमरान कुछ न बोला। उसकी नज़र सैंडिल से हट कर किसी दूसरी चीज़ पर जम गयी। फिर वह अचानक ख़ालिद की तरफ़ मुड़ा।

'तुम तो सोनागिरी के चप्पे-चप्पे से वाक़िफ़ होगे।' उसने ख़ालिद से पूछा।

'न सिर्फ़ सोनागिरी, बल्कि आस–पास के इलाक़े पर भी मेरी नज़र है।' ख़ालिद ने कहा, लेकिन उसका लहजा सहज नहीं था।

'क्या यहाँ कोई ऐसा इलाक़ा भी है जहाँ की मिट्टी लाल रंग की हो?'

ख़ालिद सोच में पड़ गया। कुछ देर बाद उसने कहा, 'आप यह क्यों पूछ रहे हैं?'

इमरान ने ज़मीन से लाल चिकनी मिट्टी का एक टुकड़ा उठाया, जिसमें थोड़ी नमी भी मौजूद थी।

'मेरा ख़याल है।' उसने कहा, 'यह मिट्टी किसी जूते के सोल और एड़ी की बीच की जगह में चिपकी हुई थी और यहाँ कम–से–कम दो–दो मील के घेरे में मैंने कहीं नर्म ज़मीन नहीं देखी। इसे देखो, इसमें अब भी नमी बाक़ी है।

ख़ालिद ने उसे अपने हाथ में ले कर उलटते–पलटते हुए कहा, 'पलटन के पड़ाव के इलाक़े में एक जगह ऐसी नर्म ज़मीन मिलती है। वहाँ दरअस्ल एक छोटी–सी नदी भी है। उसके किनारे की ज़मीन...उसकी मिट्टी में हमेशा नमी मौजूद रहती है।'

'क्या वह कोई सुनसान जगह है?'

'सुनसान नहीं कह सकते, कम आबाद ज़रूर है। वहाँ ज़्यादातर ऊँचे तबक़े के लोग आबाद हैं।'

'क्या तुम मुझे अपनी मोटर साइकिल पर वहाँ ले चलोगे?'

'हो सकता है।' ख़ालिद ने सोचते हुए कहा।

'अच्छा तो ठहरो!' इमरान ने कहा और कोठी के अन्दर

चला गया। उसने अनवर को सम्बोधित किया जो एक सोफ़े पर पड़ा अफ़ीमचियों की तरह ऊँघ रहा था।

'सुनो! मैं सोफ़िया की तलाश में जा रहा हूँ। तुम अगर अपनी जगह से हिल न सको तो पुलिस को फ़ोन पर इस वाक़ये की ख़बर दे देना। लेकिन ये नौकर कहाँ मर गये?'

'बाहर हैं।' अनवर ने कमज़ोर आवाज़ में कहा, 'सुबह ही वे शहर गये थे। अभी तक वापस नहीं आये।'

कर्नल ज़रग़ाम का यह उसूल था कि वह हफ़्ते में एक दिन अपने नौकरों को आधे दिन की छुट्टी देता था।

इमरान चन्द लम्हे खड़ा सोचता रहा। फिर उस कमरे में चला आया जहाँ उसका सामान रखा हुआ था। उसने जल्दी से सूटकेस से कुछ चीज़ें निकालीं और उन्हें जेबों में ठूँसता हुआ बाहर निकल गया।

१५

आसमान में सुबह ही से सफ़ेद बादल तैरते फिर रहे थे और इस वक़्त तो सूरज की एक किरन भी यादों के किसी कोने से नहीं झाँक रही थी। मौसम काफ़ी सुहावना था।

इन्स्पेक्टर ख़ालिद की मोटर साइकिल पलटन पड़ाव की तरफ़ जा रही थी। इमरान कैरियर पर बैठा ऊँघ रहा था और उसके चेहरे पर गहरी सोच के निशान थे। चेहरे से सादगी ग़ायब हो चुकी थी। पलटन पड़ाव के क़रीब पहुँचते-पहुँचते ख़ालिद ने मोटर साइकिल की रफ़्तार कम कर दी।

'आख़िर हम वहाँ जा कर उन्हें ढूँढेंगे किस तरह?' ख़ालिद ने इमरान से कहा।

'ओफ़्फ़ोह! यह एक सी.आई.डी. इन्स्पेक्टर पूछ रहा है?'

'इमरान साहब! इस मौक़े पर मुझे आपसे संजीदगी की उम्मीद है।'

'आहा...किसी-न-किसी ने ज़रूर कहा होगा कि दुनिया उम्मीद पर क़ायम है। वैसे इस इलाक़े में कोई ऐसा होटल भी है जिसमें निचले तबक़े के लोग बैठते हों...अगर ऐसा कोई होटल

हो तो मुझे वहाँ ले चलो।'

इन्स्पेक्टर ख़ालिद ने मोटर साइकिल एक पतली-सी सड़क पर मोड़ दी, लेकिन अचानक इमरान ने उसे रुकने को कहा।

ख़ालिद ने जल्दी से मोटर साइकिल रोक दी, क्योंकि इमरान के लहजे में उसे घबराहट की झलक महसूस हुई थी। यह सुहावनी जगह थी। सड़क के दोनों तरफ़ समतल ज़मीन थी और वहाँ फूलों के बाग़ नज़र आ रहे थे। पलटन पड़ाव के उस हिस्से की गिनती सैरगाहों में होती थी।

ख़ालिद ने मोटर साइकिल रोक कर अपने पैर सड़क पर टिका दिये।

यकायक उसने मशीन भी बन्द कर दी और फिर वह यह भूल गया कि मोटर साइकिल इमरान ने रुकवायी थी। उसने दाहिनी तरफ़ के एक बाग़ में एक लड़की देख ली थी जो उसे आकर्षित करने के लिए रूमाल हिला रही थी। ख़ालिद मोटर साइकिल से उतरता हुआ बोला, 'इमरान साहब ज़रा ठहरिए।'

'क्या वह तुम्हारी जान-पहचान वाली है?' इमरान ने मुस्कुरा कर पूछा।

'जी हाँ!...' ख़ालिद हँसता हुआ बोला।

'बहुत अच्छा! तुम जा सकते हो। मगर मोटर साइकिल अकेली रह जायेगी।' इमरान ने कहा और बायीं तरफ़ के बाग़ों पर नज़र दौड़ाता हुआ बोला, 'मैं उधर जाऊँगा...उधर मेरी ममदूहा...शायद मैं ग़लत कह रहा हूँ...क्या कहते हैं उसे जिससे मोहब्बत की जाती है।'

'महबूबा।'

'महबूबा...महबूबा!...इधर मेरी महबूबा...अच्छा...तो मैं चला।' इमरान मोटर साइकिल के कैरियर से उतरता हुआ बोला।

बायीं तरफ़ के एक बाग़ में उसे कुछ ऐसी शक्लें दिखाई दी थीं जिन्होंने अचानक उसके ज़ेहन में उस रात की याद ताज़ा कर दी जब सोफ़िया को ऑरेंज स्क्वॉश में कोई नशीली दवा दी गयी थी। उनमें से एक को तो उसने बख़ूबी पहचान लिया। यह वही था जिसकी टक्कर वेटर से हुई थी। दो आदमियों के बारे में उसे सन्देह था। वह यक़ीन के साथ नहीं कह सकता था कि ये दोनों उस सब-इन्स्पेक्टर के साथी थे या नहीं जिसने सुनसान सड़क पर उनकी कार रुकवा कर किसी बेहोश लड़की के बारे में पूछा था।

इमरान उन्हें देखता रहा। वे चार थे। उनके साथ कोई औरत नहीं थी। इमरान बाग़ के रखवाले से ख़ूबानियों और सेबों की पैदावार के बारे में गुफ़्तगू करने लगा।

१६

सोफ़िया आँखें फाड़-फाड़ कर चारों तरफ़ देख रही थी, लेकिन उसकी समझ में नहीं आ रहा था कि वह कहाँ है। कमरा आलीशान ढंग से सजा था और वह एक आरामदेह बिस्तर पर पड़ी हुई थी। उसने उठना चाहा, मगर उठ न सकी। उसे ऐसा महसूस हो रहा था जैसे उसके जिस्म में जान ही न रह गयी हो। ज़ेहन काम नहीं कर रहा था। उस पर दोबारा बेहोशी छा गयी और फिर दूसरी बार जब उसकी आँख खुली तो दीवार पर लगी घड़ी में आठ बज रहे थे। सिरहाने रखा हुआ टेबल लैम्प रौशन था।

इस बार वह पहली ही कोशिश में उठ बैठी। थोड़ी देर सिर पकड़े बैठी रही। फिर खड़ी हो गयी। लेकिन इस शिद्दत से चक्कर आया कि उसे सँभलने के लिए मेज़ का कोना पकड़ना पड़ा...सामने का दरवाज़ा खुला हुआ था। वह बाहर जाने का इरादा कर ही रही थी कि एक आदमी कमरे में दाख़िल हुआ।

'आप को कर्नल साहब याद फ़रमा रहे हैं।' उसने बड़े अदब से कहा।

'क्या? डैडी!' सोफ़िया ने हैरान हो कर पूछा।

'जी हाँ!'

कमज़ोरी के बावजूद सोफ़िया की रफ़्तार काफ़ी तेज़ थी और उस आदमी के अन्दाज़ से ऐसा मालूम हो रहा था जैसे वह उसी की वजह से जल्दी-जल्दी क़दम उठा रहा है।

वे कई बरामदों से गुज़रते हुए एक बड़े कमरे में आये और फिर वहाँ सोफ़िया ने जो कुछ देखा वह उसे अधमरा कर देने के लिए पर्याप्त था।

उसने कर्नल ज़रग़ाम को देखा जो एक कुर्सी से बँधा हुआ था और उसके गिर्द चार आदमी खड़े उसे खा जाने वाली नज़रों से घूर रहे थे।

'तुम,' अचानक कर्नल चीख़ पड़ा। उसने उठने की कोशिश की, लेकिन हिल न सका। उसे मज़बूती से बाँधा गया था।

वे दोनों ख़ामोशी से एक-दूसरे की तरफ़ देखते रहे।

अचानक भारी जबड़ों वाला एक आदमी बोला, 'कर्नल तुम ली यूका से टकराने की कोशिश कर रहे हो। ली यूका...जिसे आज तक किसी ने भी नहीं देखा...!'

कर्नल कुछ न बोला। उसकी आँखें सोफ़िया के चेहरे से हट कर झुक गयी थीं। भारी जबड़ों वाला फिर बोला, 'अगर तुमने काग़ज़ात वापस न किये तो तुम्हारी आँखों के सामने इस लड़की की बोटियाँ काट दी जायेंगी। एक-एक बोटी...क्या तुम इसके तड़पने का मंज़र देख सकोगे!'

'नहीं!' कर्नल बेसाख़्ता चीख़ पड़ा। उसके चेहरे पर पसीने की बूँदें फूट आयी थीं।

सोफ़िया खड़ी काँपती रही। उसका सिर दोबारा चकराने लगा था। ऐसा मालूम हो रहा था जैसे कमरे की रोशनी पर गर्द की तहें चढ़ती जा रही हों। और फिर उस आदमी ने, जो उसके साथ आया था, आगे बढ़ कर उसे सँभाल लिया। वह बेहोश हो चुकी थी।

'उसे आराम-कुर्सी में डाल दो।' भारी जबड़ों वाले ने कहा। फिर कर्नल से बोला, 'अगर तुम्हें अब भी होश न आये तो इसे तुम्हारी बदक़िस्मती समझना चाहिए।'

कर्नल उसे चन्द लम्हे घूरता रहा। फिर अपना ऊपरी होंट भींच कर बोला, 'उड़ा दो उसकी बोटियाँ! मैं कर्नल ज़रग़ाम हूँ...समझे!...तुम्हें काग़ज़ात का साया तक नसीब नहीं होगा।'

भारी जबड़ों वाले ने क़हक़हा लगाया।

'कर्नल! तुम ली यूका की ताक़त से वाक़िफ़ होने के बावजूद बच्चों की-सी बातें कर रहे हो।' उसने कहा, 'ली यूका ने तुम्हें कहाँ से खोद निकाला है। वैसे तुम ऐसी जगह पर छुपे थे जहाँ फ़रिश्ते भी पर नहीं मार सकते थे...वह ली यूका ही की ताक़त थी जो दिन-दहाड़े तुम्हारी लड़की को यहाँ उठा लायी...मैं कहता हूँ, आख़िर वह काग़ज़ात तुम्हारे किस काम के हैं?...यक़ीन जानो तुम उनसे कोई फ़ायदा नहीं उठा सकते। वैसे तुम अक़्लमन्द ज़रूर हो कि तुमने अभी तक वे काग़ज़ात पुलिस के हवाले नहीं किये...मुझे बताओ तुम चाहते क्या हो!'

'मैं तुम्हारे किसी सवाल का जवाब नहीं देना चाहता। तुम्हारा जो दिल चाहे कर लो!' कर्नल ग़ुर्राया।

'अच्छा।' भारी जबड़े वाले ने अपने एक आदमी को इशारा

करते हुए कहा, 'उस लड़की के पैर का अँगूठा काट दो!'

उस आदमी ने मेज़ पर से एक चमकदार कुल्हाड़ी उठायी और बेहोश सोफ़िया की तरफ़ बढ़ा।

'ठहरो!' अचानक एक गरजदार आवाज़ सुनाई दी। 'ली यूका आ गया।'

साथ ही एक ज़ोरदार धमाका भी हुआ और सामने वाली दीवार पर आँखों को चुँधिया देने वाली चमक दिखाई दी। सारा कमरा धुएँ से भर गया। सफ़ेद रंग का गहरा धुआँ जिसमें एक बालिश्त के फ़ासले की चीज़ भी नज़र नहीं आ रही थी।

धड़ाधड़ फ़र्नीचर उलटने लगा। कर्नल ज़रग़ाम की भी कुर्सी उलट गयी। लेकिन उसे इतना होश था कि उसने अपना सिर फ़र्श से न लगने दिया। कमरे के दूसरे लोग नींद से चौंकते हुए कुत्तों की तरह शोर मचा रहे थे। अचानक कर्नल कुर्सी छोड़ कर खड़ा हो गया। कोई उसका हाथ पकड़े हुए उसे एक तरफ़ खींच रहा था। कर्नल धुएँ की घुटन की वजह से इतना बदहवास हो रहा था कि उस अज्ञात आदमी के साथ खिंचता चला गया।

और फिर थोड़ी देर बाद उसने ख़ुद को ताज़ा हवा में महसूस किया। उसके सिर पर खुला हुआ और तारों-भरा आसमान था। उसने अँधेरे में उस आदमी को पहचानने की कोशिश की जो उसका हाथ पकड़े हुए तेज़ी से ढलान में उतर रहा था। उसने अपने कन्धे पर किसी को लाद रखा था। इसके बावजूद उसके क़दम बड़ी तेज़ी से उठ रहे थे।

'तुम कौन हो?' कर्नल ने भर्रायी हुई आवाज़ में पूछा।

'अली इमरान, एम.एस.सी, पी-एच.डी.,' जवाब मिला।

'इमरान...!'

'शश...चुपचाप चले आइए!'

वे जल्दी ही चट्टानों में एक सुरक्षित जगह पर पहुँच गये। ये चट्टानें कुछ इस क़िस्म की थीं कि उनमें घण्टों तलाश करने वालों को चक्कर दिया जा सकता था।

इमरान ने बेहोश सोफ़िया को कन्धे से उतार कर एक पत्थर पर लिटा दिया।

'क्यों!...क्या है?' कर्नल ने पूछा।

'ज़रा एक च्यूइंगम खाऊँगा।' इमरान ने अपनी जेबें टटोलते हुए कहा!...

'अजीब आदमी हो...अरे, वह इमारत यहाँ से ज़्यादा दूर नहीं है।' कर्नल घबराये हुए लहजे में बोला।

'इसीलिए तो मैं रुक गया हूँ। लगे हाथों ये तमाशा भी देख लूँ! क्या यहाँ से फ़ायर स्टेशन नज़दीक है।'

'क्या वहाँ आग लग गयी है?' कर्नल ने पूछा।

'जी नहीं! ख़ामख़ा बात का बतंगड़ बनेगा। वह तो सिर्फ़ धुएँ का एक मामूली-सा बम था। ज़रा देखिएगा धुएँ का बादल...'

कर्नल ने इमारत की तरफ़ नज़र डाली। उसके ऊपरी हिस्से पर धुएँ का घना बादल मँडरा रहा था।

'क्या वह बम तुमने...?'

'अरे तौबा...लाहौल विला...' इमरान अपना मुँह पीटता

हुआ बोला, 'मैं तो उसे टूथपेस्ट का टयूब समझे हुए था...मगर मुझे उन बेचारों पर तरस आता है, क्योंकि इमारत से बाहर निकलने के सारे रास्ते बन्द हैं। मैंने पिछली रात ख़्वाब में देखा था कि क़यामत के क़रीब ऐसा ज़रूर होगा। वगैरा, वग़ैरा।'

'इमरान! ख़ुदा की क़सम तुम हीरे हो!' कर्नल दबे हुए जोश के साथ बोला।

'ओह, ऐसा न कहिए! वरना कस्टम वाले ड्यूटी वसूल कर लेंगे।' इमरान ने कहा। 'लेकिन आप यहाँ कैसे आ फँसे?'

'मैं ऐसी जगह छुपा था इमरान, कि वहाँ परिन्दा भी पर नहीं मार सकता था। लेकिन उन्होंने मुझे प्लेग के चूहे की तरह बाहर निकाल लिया।'

'गैस?' इमरान ने पूछा।

'हाँ! मैं एक गुफा में था। उन्होंने बाहर से गैस डाल कर मुझे निकलने पर मजबूर कर दिया। लेकिन सोफ़िया यहाँ कैसे पहुँची?'

'ठहरिए!' इमरान हाथ उठा कर बोला और शायद दूर की कोई आवाज़ सुनने लगा...फिर उसने जल्दी से कहा 'इस बारे में फिर कभी बताऊँगा...उठिए...गाड़ियाँ आ गयी हैं।'

उसने फिर सोफ़िया को उठाना चाहा। लेकिन कर्नल ने रोक दिया। वह उसे गोद में उठा कर इमरान के पीछे चलने लगा। उतराई बहुत तेज़ थी। लेकिन फिर भी वे सँभल-सँभल कर नीचे उतरते रहे। फिर उन्हें पतली-सी बल खाती हुई सड़क नज़र आयी। तारों की छाँव में सड़क साफ़ दिखाई दे रही थी। अचानक नीचे से लाल रंग की रोशनी की एक किरन आ कर

चट्टानों पर फैल गयी। कर्नल के मुँह से अजीब-सी आवाज़ निकली।

'ओह...फ़िक्र न कीजिए...पुलिस है!' इमरान ने कहा।

फिर जल्द ही पाँच-छः आदमी उनकी मदद के लिए ऊपर चढ़ आये। उनमें इन्स्पेक्टर ख़ालिद भी था।

'उस इमारत में तो आग लग गयी है।' उसने इमरान से कहा।

'उन लोगों को भिजवाने का इन्तज़ाम करो।' इमरान बोला, 'और तुम मेरे साथ आओ। सिर्फ़ दस आदमी काफ़ी होंगे।'

फिर उसने कर्नल से कहा, 'आप बहुत कमज़ोर हो गये हैं, इसलिए इस वक़्त पुलिस को कोई बयान न दीजिएगा।

'क्या मतलब।' ख़ालिद भन्ना कर बोला।

'कुछ नहीं प्यारे! तुम मेरे साथ आओ। आदमियों को भी लाओ।'

'सब वहीं मौजूद हैं।' ख़ालिद बोला।

कर्नल और सोफ़िया नीचे पहुँचाये जा चुके थे। इमरान ख़ालिद के साथ फिर उस इमारत की तरफ़ बढ़ा। जिसकी खिड़कियों से गहरा धुआँ निकल कर आकाश में बल खा रहा था। इमारत के गिर्द काफ़ी भीड़ इकट्ठा हो गयी थी। ख़ालिद के आदमी जल्द ही आ मिले और इमरान उन्हें साथ ले कर अन्दर घुसता हुआ चला गया। बाहर के सारे दरवाज़े उसने पहले ही बन्द कर दिये थे, इसलिए इमारत के लोग बाहर नहीं निकल सकते थे। और बाहर वालों की अभी तक हिम्मत नहीं पड़ी

थी कि इमारत में क़दम रख सकते।

इमारत में कुछ कमरे ऐसे भी थे जहाँ अभी तक धुआँ गहरा नहीं हुआ था। ऐसे कमरों में से एक में उन्हें पाँचों आदमी मिल गये थे। वे सब पसीने में नहाये हुए बुरी तरह हाँफ रहे थे।

'क्या बात है?' इमरान ने पहुँचते ही ललकारा।

उसे देख कर उन सबकी हालत और ज़्यादा ख़राब हो गयी।

'बोलते क्यों नहीं?' इमरान फिर गरजा। उनमें से कोई कुछ न बोला। इमरान ने ख़ालिद से कहा, 'ये शिफ़्टेन के आदमी हैं...धुएँ के बम बना रहे थे। एक बम फट गया।'

'बकवास है।' भारी जबड़ों वाले ने चीख़ कर कहा।

'ख़ैर, परवाह नहीं!' ख़ालिद गर्दन झटक कर बोला, 'मैं तुम्हें अपहरण के इल्ज़ाम में हिरासत में लेता हूँ।'

'यह भी एक फ़िजूल-सी बात होगी।' भारी जबड़ों वाला मुस्कुरा कर बोला, 'हमने किसी को भी छुपा कर नहीं रखा।'

'हाँ! ख़ालिद साहब!' इमरान ने मूर्खतापूर्ण अन्दाज़ में आँखें फिरा कर कहा, 'इससे काम नहीं चलेगा। ज़ोर-ज़बरदस्ती का सबूत तो शायद यहाँ से उड़ चुका है, नहीं...ये लोग बम बना रहे थे।'

'हथकड़ियाँ लगा दो!' ख़ालिद ने अपने आदमियों की तरफ़ मुड़ कर कहा।

'देखो, मुसीबत में फँस जाओगे तुम लोग!' भारी जबड़े

वाला झल्ला कर बोला।

'फ़िक्र न करो।' ख़ालिद ने जेब से रिवॉल्वर निकालते हुए कहा, 'चुपचाप हथकड़ियाँ लगवा लो, वरना अंजाम बहुत बुरा होगा...मैं ज़रा फ़ौजी क़िस्म का आदमी हूँ।'

उन सबके हथकड़ियाँ लग गयीं। जब वे पुलिस की गाड़ी में बैठाये जा चुके तो ख़ालिद ने इमरान से कहा, 'अब बताइए, क्या चार्ज लगाया जाये उनके ख़िलाफ़?

'बमसाज़ी!...आस-पास के लोगों ने धमाका ज़रूर सुना होगा...दस बारह सेर गन्धक और दो-एक जार तेज़ाब के इमारत से बरामद कर लो, समझे! बस इतना ही काफ़ी है।'

'और वो शिफ़्टेन वाला मामला?' ख़ालिद ने पूछा।

'फ़िलहाल तुम्हारे फ़रिश्ते भी उसके लिए सबूत जुटा नहीं सकते....अच्छा, मैं चला...कम-से-कम उनकी ज़मानत तो होने ही न देना!'

१७

दूसरी सुबह कर्नल ज़रग़ाम की कोठी के कम्पाउण्ड में गुप्तचर विभाग के डी.एस की कार खड़ी दिखाई दी। वह अन्दर कर्नल का बयान ले रहा था। इमरान ने रात ही कर्नल को अच्छी तरह पक्का कर लिया था। इस वक़्त कर्नल ने वही सब कुछ दुहराया था जो उसे इमरान ने बताया था। उसने डी.एस. को बताया कि उसे भी शिफ़्टेन का ख़त मिला था और वह उसी के ख़ौफ़ से उड़न-छू हो गया था। फिर उसने डी.एस. की जिरह का जवाब देते हुए बताया कि वह इससे पहले भी एक बार शिफ़्टेन का शिकार हो चुका है। उस मौक़े पर उसे पचास हज़ार रुपयों से हाथ धोने पड़े थे। लेकिन उसे आज तक यह न मालूम हो सका कि शिफ़्टेन किसी एक आदमी का नाम है या किसी गिरोह का।

बहरहाल, कर्नल ने ली यूका और उसके मामलात की हवा भी नहीं लगने दी। पिछली रात की घटना के बारे में उसने बयान दिया कि शिफ़्टेन के आदमी उस पर और उसकी लड़की पर हमला करके एक लाख रुपये की माँग कर रहे थे कि अचानक इमारत में एक धमाका हुआ शिफ़्टेन के आदमी

बदहवास हुए। इस तरह उन्हें निकल आने का मौक़ा मिल गया। चूँकि उसका सेक्रेटरी इमरान पहले ही से सोफ़िया की तलाश में उधर के चक्कर काट रहा था, इसलिए उसने फ़ौरन ही उनकी मदद की।

पता नहीं डी.एस. इस बयान से मुतमईन भी हुआ या नहीं। बहरहाल, फिर वह ज़्यादा देर तक वहाँ नहीं ठहरा।

सोफ़िया अभी तक ख़ौफ़ज़दा थी। उसने इमरान से पूछा, 'इमरान साहब! अब क्या होगा?'

'अब गाना-नाचना सभी कुछ होगा। तुम बिलकुल फ़िक्र न करो।' इमरान ने कहा।

'क्या आपने सचमुच बम फेंका था?'

'अरे तौबा-तौबा!' इमरान अपना मुँह पीट कर बोला, 'ऐसी बातें ज़बान से न निकालिए, वरना मेरी मम्मी मुझे घर से निकाल देंगी।'

सोफ़िया फिर कुछ कहने वाली थी कि कर्नल ने अपने कमरे से इमरान को आवाज़ दी।

इमरान सोफ़िया को वहीं छोड़ कर कर्नल के कमरे में चला गया। कर्नल अकेला था। उसने इमरान के दाख़िल होते ही कमरे का दरवाज़ा बन्द कर दिया।

'इधर देखो।' कर्नल ने मेज़ की तरफ़ इशारा किया जिसपर एक बड़ा-सा ख़ंजर पड़ा हुआ था।

'ग़ालिबन...ली यूका की तरफ़ से धमकी?' इमरान मुस्कुरा कर बोला।

'ख़ुदा की क़सम तुम बड़े ज़हीन हो।' कर्नल ने उसके कन्धे पर हाथ रख कर काँपती हुई आवाज़ में कहा, 'हाँ, ली यूका की तरफ़ से एक खुला ख़त...और यह ख़ंजर!...इस कमरे में...मुझे हैरत है कि उन्हें कौन लाया?'

इमरान ने आगे बढ़ कर ख़त मेज़ से उठा लिया। ख़त के मज़मून के नीचे 'ली यूका' लिखा था।

इमरान ऊँची आवाज़ में ख़त पढ़ने लगा:

'कर्नल ज़रग़ाम! तुम्हें सिर्फ़ एक मौक़ा और दिया जाता है। अब भी सोच लो, वरना तुम्हारा एक भतीजा कल शाम तक क़त्ल कर दिया जायेगा। तुम उसे चाहे कहीं छुपा दो! इस पर भी तुम्हें होश न आया तो फिर अपनी लड़की की लाश देखोगे। अगर तुम काग़ज़ात वापस करने पर तैयार हो तो आज शाम को पाँच बजे एक गैस-भरा हुआ सुर्ख़ रंग का ग़ुब्बारा अपनी कोठी के कम्पाउण्ड से उड़ा देना।'

ख़त ख़त्म करके इमरान कर्नल की तरफ़ देखने लगा।

'कर्नल डिक्सन मुझसे सही वाक़या सुनना चाहता है।' कर्नल ने कहा, 'उसे शिफ़्टेन वाली दास्तान पर यक़ीन नहीं आया। समझ में नहीं आता कि शिफ़्टेन कौन है और कहाँ से आ टपका।'

'शिफ्टेन...!' इमरान मुस्कुरा कर बोला 'कुछ भी नहीं है। उसे ली यूका की सिर्फ़ एक मामूली-सी चाल कह लीजिए। उसने यह हरकत सिर्फ़ इसलिए की है कि आप पुलिस की मदद न हासिल कर सकें। ज़रा इस तरह सोचिए। शहर के सारे खाते-पीते लोग पुलिस से किसी शिफ़्टेन की शिकायत करते हैं। अचानक आप भी पुलिस से मदद माँगते हैं और आप ली यूका

की दास्तान सुनाते हैं। नतीजा ज़ाहिर है पुलिस शिफ़्टेन और ली यूका, दोनों को बकवास समझेगी। उससे आप मदद की बजाय यही जवाब पायेंगे कि शहर के किसी सिरफिरे आदमी ने लोगों को परेशान करने के लिए यह सारा ढोंग रचाया है। क्यों? क्या मैं ग़लत कह रहा हूँ?'

'तुम ठीक कह रहे हो!' कर्नल कुछ सोचता हुआ बोला, 'मगर अब मेरी अक़्ल जवाब दे रही है। समझ में नहीं आता कि डिक्सन से क्या कहूँ। हम दोनों कई साल तक हमनिवाला और हमप्याला रहे हैं। हमारे बीच में कभी कोई राज़, राज़ नहीं रहा...'

'मेरा ख़याल है कि अब आप सब कुछ उसे बता दीजिए और हम सब एक जगह पर बैठ कर आपस में मशविरा करें...घर भर को इकट्ठा कर लीजिए...'

'इससे क्या होगा?'

'हो सकता है कि उन में से कोई एक सही तदबीर सोच सके।'

'फिर सोचता हूँ कि क्यों न वे काग़ज़ात पुलिस के हवाले कर दूँ।' कर्नल अपनी पेशानी रगड़ता हुआ बोला।

'इस सूरत में आप ली यूका के इन्तक़ाम से न बच सकेंगे।'

'यही सोच कर तो रह जाता हूँ।' कर्नल ने कहा, 'लेकिन इमरान बेटे, यक़ीन है कि काग़ज़ात वापस कर देने के बाद भी मैं न बच सकूँगा!'

'न सिर्फ़ आप!' इमरान कुछ सोचता हुआ बोला, 'बल्कि

वे लोग भी ख़तरे में पड़ जायेंगे जो इस वक़्त आपका साथ दे रहे हैं।'

'फिर मैं क्या करूँ।'

'जो कुछ मैं कहूँ, वह कीजिएगा?' इमरान ने पूछा।

'करूँगा?'

'तो बस, अब ख़ामोश रहिएगा। मैं नौकरों के अलावा घर के सारे लोगों को इकट्ठा करके उनसे मशविरा करूँगा। वैसे अगर इस दौरान आप चाहें तो वह फ़िल्मी गीत गा सकते हैं...क्या बोल थे उसके...हाँ...दिल ले के चले तो नहीं जाओगे हो राजा जी...हो राजा जी।'

'क्या बेहूदगी है?' कर्नल ने झल्ला कर कहा। फिर यकायक हँसने लगा।

१८

उसी दिन पाँच बजे शाम को एक गैस-भरा ग़ुब्बारा कर्नल की कोठी के कम्पाउण्ड से आकाश में उड़ रहा था। कम्पाउण्ड में सभी लोग मौजूद थे और इमरान तालियाँ बजा-बजा कर बच्चों की तरह हँस रहा था।

कर्नल के मेहमानों ने उसकी इस हरकत को अच्छी नज़रों से नहीं देखा। क्योंकि उन सबके चेहरे उतरे हुए थे। कर्नल ने आज दोपहर को उन सब के सामने ली यूका की दास्तान दुहरा दी थी। इस पर सबने यही राय दी थी कि उस ख़तरनाक आदमी के काग़ज़ात वापस कर दिये जायें। कर्नल डिक्सन पहले भी ली यूका का नाम सुन चुका था। यूरोप वालों के लिए यह नाम नया नहीं था। क्योंकि ली यूका का कारोबार हर महाद्वीप में फैला था। यह तिजारत सौ फ़ीसदी ग़ैरक़ानूनी थी, मगर फिर भी आज तक कोई ली यूका पर हाथ नहीं डाल सका था। कर्नल डिक्सन और बारतोश ली यूका का नाम सुनते ही सफ़ेद पड़ गये थे। रात के खाने के वक़्त से पहले ही ली यूका की तरफ़ से जवाब आ गया। बिलकुल उसी रहस्यमय ढंग से जैसे सुबह वाला पैग़ाम मिला था। आरिफ़ ने दरवाज़े की चौखट में एक

ख़ंजर गड़ा हुआ देखा जिसकी नोक काग़ज़ के एक टुकड़े को छेदती हुई चौखट में घुस गयी थी।

काग़ज़ का यह टुकड़ा दरअस्ल ली यूका का ख़त था जिसमें कर्नल को निर्देश दिया गया था कि वह दूसरे दिन ठीक नौ बजे उन काग़ज़ात को देवगढ़ी वाली मशहूर सियाह चट्टान के किसी कोने में ख़ुद रख दे या किसी से रखवा दे। ली यूका की तरफ़ से यह भी लिखा गया था कि अगर कर्नल को किसी क़िस्म का भय महसूस हो तो वह अपने साथ जितने आदमी भी लाना चाहे ला सकता है। अलबत्ता, किसी तरह की चालाकी की सूरत में उसे किसी तरह भी माफ़ न किया जा सकेगा।

खाने की मेज़ पर इस ख़त के सिलसिले में गर्मा-गर्म बहस छिड़ गयी।

'क्या ली यूका भूत है?' कर्नल डिक्सन की लड़की मार्था ने कहा, 'आख़िर यह ख़त यहाँ कैसे आते हैं। इसका मतलब तो ये है कि ली यूका कोई आदमी नहीं, बल्कि रूह है!'

'हाँ आँ!' इमरान सिर हिला कर बोला, 'हो सकता है। यक़ीनन यह किसी अफ़ीमची की रूह है जिसने रूहों की दुनिया में भी ड्रग्स की तस्करी शुरू कर दी है।'

'एक तरक़ीब मेरे ज़ेहन में है!' बारतोश ने कर्नल ज़रग़ाम से कहा, 'लेकिन बच्चों के सामने मैं इसका ज़िक्र ज़रूरी नहीं समझता!'

'मिस्टर बारतोश!' इमरान बोला, 'आप मुझे तो बच्चा नहीं समझते।'

'तुम शैतान के भी दादा हो!' बारतोश अनायास मुस्कुरा

पड़ा।

'शुक्रिया! मेरे पोते मुझे हर हाल में याद रखते हैं।' इमरान ने संजीदगी से कहा।

कर्नल डिक्सन उसे घूरने लगा। वह अब भी इमरान को कर्नल ज़रग़ाम का प्राइवेट सेक्रेटरी समझता था, इसलिए उसे एक छोटे आदमी का बारतोश जैसे सम्मानित मेहमान से बेतकल्लुफ़ होना बहुत बुरा लगा। लेकिन वह कुछ बोला नहीं।

खाने के बाद सोफ़िया, मार्था, अनवर और आरिफ़ उठ गये।

कर्नल ज़रग़ाम बड़ी बेचैनी से बारतोश के मशविरे का इन्तज़ार कर रहा था।

'मैं एक आर्टिस्ट हूँ।' बारतोश ने ठहरे हुए लहजे में कहा, 'बज़ाहिर मुझसे इस क़िस्म की उम्मीद नहीं की जा सकती कि मैं किसी ऐसे उलझे हुए मामले में कोई मशविरा दे सकूँगा।'

'मिस्टर बारतोश!' कर्नल ज़रग़ाम बेसब्री से हाथ उठ कर बोला, 'तकल्लुफ़ात किसी दूसरे मौक़े के लिए उठा रखिए।'

बारतोश चन्द लम्हे सोचता रहा फिर उसने कहा, 'ली यूका का नाम मैंने बहुत सुना है और मुझे यह भी मालूम है कि वह इस क़िस्म की मुहिमों में ख़ुद भी हिस्सा लेता है। उसके बारे में अब तक मैंने जो कहानियाँ सुनी हैं, अगर वे सच्ची हैं तो फिर ली यूका को इस वक़्त सोनागिरी ही में मौजूद होना चाहिए।'

'अच्छा'...इमरान अपने दीदे फिराने लगा।

'अगर वह यहीं है तो...हमें इस मौक़े से ज़रूर फ़ायदा उठाना चाहिए।' बारतोश ने कहा।

'मैं आप का मतलब नहीं समझा।' कर्नल बोला।

'अगर हम ली यूका को पकड़ सकें तो यह इन्सानियत की एक बहुत बड़ी ख़िदमत होगी।'

कर्नल घृणास्पद अन्दाज़ में हँस पड़ा, लेकिन इस हँसी में झल्लाहट का तत्व ज़्यादा था। उसने कहा, 'आप ली यूका को पकड़ेंगे? उस ली यूका को, जिसकी तहरीरें मेरी मेज़ पर पायी जाती हैं। यानी वह जिस वक़्त चाहे हम सबको मौत के घाट उतार सकता है।'

'च्च-च्च!' बारतोश ने बुरा-सा मुँह बना कर कहा, 'आप यह समझते हैं कि ली यूका या उसका कोई आदमी कुदरत की तमाम ताक़त का मालिक है...नहीं, डियर कर्नल...मेरा दावा है कि इस घर का कोई आदमी ली यूका से मिला हुआ है।' फिर उसने अपनी बात में वज़न पैदा करने के लिए मेज़ पर घूँसा मारते हुए कहा, 'मेरा दावा है कि इसके अलावा और कोई बात नहीं।'

कमरे में सन्नाटा छा गया। कर्नल ज़रग़ाम साँस रोके हुए बारतोश की तरफ़ देख रहा था।

'मैं मिस्टर बारतोश से सहमत हूँ।' इमरान की आवाज़ सुनाई दी। उसके बाद फिर सन्नाटा हो गया।

आख़िर कर्नल ज़रग़ाम गला साफ़ करके बोला, 'वह कौन हो सकता है?'

'कोई भी हो!' बारतोश ने लापरवाही से अपने कन्धे हिलाये। 'जब वास्ता ली यूका से हो तो किसी पर भी भरोसा न करना चाहिए...'

'आपसे ग़लती हुई थी कर्नल साहब!' इमरान ने कर्नल ज़रग़ाम से कहा, 'आपको पहले मिस्टर बारतोश से बात-चीत करनी चाहिए। ली यूका के बारे में उनकी जानकारी बहुत ज़्यादा है।'

'बिलकुल? मैं ली यूका के बारे में बहुत कुछ जानता हूँ। एक ज़माने में मेरी ज़िन्दगी इन्तहाई पिछड़े तबक़े में गुज़री है जहाँ चोर, बदमाश और नाजायज़ तिजारत करने वाले आम थे। ज़िन्दगी के उसी दौर में मुझे ली यूका के बारे में बहुत कुछ सुनने को मिला था। कर्नल, क्या तुम यह समझते हो कि ली यूका इन काग़ज़ात को अपने आदमियों के ज़रिये हासिल करेगा। हरगिज़ नहीं। वह उन्हें उस जगह से उठायेगा जहाँ ये रख दिये जायेंगे। ली यूका का कोई आदमी नहीं जानता कि वो कौन है और इन काग़ज़ों में है क्या?'

'जहाँ तक मेरा ख़याल है इनमें से कोई ऐसी चीज़ नहीं जिससे ली यूका की शख़्सियत पर रोशनी पड़ सके।' कर्नल ज़रग़ाम ने कहा।

'वाह!' इमरान गर्दन झटक कर बोला, 'जब आप चीनी और जापानी ज़बानों से वाक़फ़ नहीं हैं तब यह बात इतने भरोसे के साथ कैसे कह रहे हैं?'

'चीनी और जापानी ज़बानें।' बारतोश किसी सोच में पड़ गया। फिर उसने कहा, 'क्या आप मुझे वे काग़ज़ात दिखा सकते

हैं?'

'हरगिज़ नहीं।' कर्नल ने इनकार में सिर हिला कर कहा, 'यह नामुमकिन है। मैं उन्हें एक पैकेट में रख कर सील करने के बाद ली यूका की बताई हुई जगह पर पहुँचा दूँगा।'

'आप इन्सानियत पर ज़ुल्म करेंगे।' बारतोश पुरजोश लहजे में बोला, 'बेहतर तरीक़ा यह है कि आप ख़ुद को पुलिस की हिफ़ाज़त में दे कर काग़ज़ात उसके हवाले कर दें!'

'मिस्टर बारतोश, मैं बच्चा नहीं हूँ।' कर्नल ने तल्ख़ लहजे में कहा, 'काग़ज़ात बहुत दिनों से मेरे पास महफ़ूज़ हैं। अगर मुझे पुलिस की मदद हासिल करनी होती तो कभी का कर चुका होता।'

'फिर आख़िर उन्हें इतने दिनों रोके रखने का क्या मक़सद था?'

'मक़सद साफ़ है।' कर्नल डिक्सन पहली बार बोला। 'ज़रग़ाम सिर्फ़ इसीलिए अभी तक ज़िन्दा है कि वे काग़ज़ात अभी तक उसके क़ब्ज़े में हैं। अगर ली यूका का हाथ उन पर पड़ गया होता तो ज़रग़ाम हम में न बैठा होता...'

'ठीक है।' बारतोश ने कुछ सोचते हुए सिर हिलाया।

'लेकिन तुम्हारी स्कीम क्या थी?' कर्नल ज़रग़ाम ने बेसब्री से कहा।

'ठहरो, मैं बताता हूँ।' बारतोश ने कहा। चन्द लम्हे ख़ामोश रहा फिर बोला, 'ली यूका बतायी हुई जगह पर अकेला आयेगा। मुझे यक़ीन है...अगर वहाँ कुछ लोग पहले ही छुपा दिये जायें

तो।'

'तजवीज़ अच्छी है!' इमरान सिर हिला कर बोला, 'लेकिन अभी आप कह चुके हैं कि...ख़ैर, हटाइए उसे...मगर बिल्ली की गर्दन में घण्टी बाँधेगा कौन? कर्नल साहब पुलिस को इस मामले में डालना नहीं चाहते और फिर यह भी ज़रूरी नहीं कि वह बिल्ली चुपचाप गले में घण्टी बँधवा ही ले।'

'तुम मुझे वह जगह दिखाओ...फिर मैं बताऊँगा कि बिल्ली के गले में घण्टी कौन बाँधेगा।' बारतोश ने अकड़ कर कहा।

थोड़ी देर ख़ामोशी रही फिर वे सरगोशियों में मशविरा करने लगे...आख़िर यह तय पाया कि वे लोग उसी वक़्त चल कर देवगढ़ी की सियाह चट्टान का जायज़ा लें। कर्नल ज़रग़ाम हिचकिचा रहा था। लेकिन इमरान की सरगर्मी देख कर उसे भी हाँ-में-हाँ मिलानी पड़ी। वह अब इमरान की मूर्खताओं पर भी भरोसा करने लगा था।

रात अँधेरी थी। कर्नल ज़रग़ाम, कर्नल डिक्सन, बारतोश और इमरान मुश्किल रास्तों पर चक्कर खाते हुए देवगढ़ी की तरफ़ बढ़ रहे थे। उनके हाथों में छोटी-छोटी टॉर्चें थीं जिन्हें वे अक्सर रोशन कर लेते थे। डिक्सन, ज़रग़ाम और बारतोश के पास हथियार थे। इमरान के बारे में भरोसे से कुछ नहीं कहा जा सकता था, क्योंकि वैसे तो उसके हाथ में एयरगन नज़र आ रही थी, लेकिन एयरगन ऐसी कोई चीज़ नहीं जिसकी मौजूदगी में किसी आदमी को हथियारबन्द कहा जा सके।

काली चट्टान के क़रीब पहुँच कर वे रुक गये। यह एक बहुत बड़ी चट्टान थी। अँधेरे में वह बहुत ख़ौफ़नाक नज़र आ

रही थी। उसकी बनावट कुछ इस क़िस्म की थी कि वह दूर से किसी बहुत बड़े अजगर का फैला हुआ मुँह मालूम होती थी।

तक़रीबन आधे घण्टे तक बारतोश उसका जायज़ा लेता रहा। फिर उसने आहिस्ता से कहा, 'बहुत आसान है, बहुत आसान है। ज़रा उन गुफ़ाओं की तरफ़ देखो। इनमें हज़ारों आदमी एक समय में छुप सकते हैं। हमें ज़रूर इस मौक़े से फ़ायदा उठाना चाहिए।'

'ली यूका के लिए सिर्फ़ एक आदमी काफ़ी होगा।' इमरान ने कहा।

'मैं आज तक समझ ही नहीं सका कि तुम किसके आदमी हो।' बारतोश झुँझला गया।

'क्या मैंने कोई ग़लत बात कही है?' इमरान ने संजीदगी से कहा।

'फ़िज़ूल बातें न करो।' कर्नल डिक्सन ने कहा।

'अच्छा तो आप हज़ारों आदमी कहाँ से लायेंगे, जबकि कर्नल ज़रग़ाम पुलिस को भी बीच में नहीं लाना चाहते।'

'पुलिस को बीच में लाना पड़ेगा।' बारतोश बोला।

'हरगिज़ नहीं।' कर्नल ज़रग़ाम ने सख़्ती से कहा, 'पुलिस मुझे या मेरे घर वालों को ली यूका के इन्तक़ाम से नहीं बचा सकेगी।'

'तब तो फिर कुछ भी नहीं हो सकता।' बारतोश मायूसी से बोला।

'मैं यही चाहता कि कुछ न हो।' कर्नल ज़रग़ाम ने कहा।

थोड़ी देर तक ख़ामोशी रही फिर अचानक इमरान ने क़हक़हा लगा कर कहा।

'तुम सब पागल हो गये। मैं तुम सब को गधा समझता हूँ।'

फिर उसने एक तरफ़ अँधेरे में छलाँग लगी दी। उसके क़हक़हे की आवाज़ सन्नाटे में गूँजती हुई आहिस्ता-आहिस्ता दूर होती चली गयी।

'क्या यह सचमुच पागल है?' कर्नल डिक्सन बोला, 'या फिर ख़ुद ही ली यूका था।'

किसी ने जवाब न दिया...उनकी टॉर्चों की रोशनियाँ दूर-दूर तक अँधेरे के सीने को चीर रही थीं, लेकिन उन्हें इमरान की परछाईं भी नहीं दिखाई दी।

१९

दूसरी सुबह मेहमान और घर वाले सभी बड़ी बेचैनी से कर्नल ज़रग़ाम का इन्तज़ार कर रहे थे। वह ली यूका के काग़ज़ात का पैकेट ले कर अकेला देवगढ़ी की तरफ़ गया था। सबने उसे समझाने की कोशिश की थी कि उसका अकेले जाना ठीक नहीं, मगर कर्नल किसी को भी अपने साथ ले जाने के लिए तैयार नहीं हुआ था। इमरान तो रात ही से ग़ायब था। उन्होंने उसे बड़ी देर तक चट्टानों और गुफाओं में तलाश किया था और फिर थक-हार कर वापस आ गये थे।

सोफ़िया को भी इमरान की इस हरकत पर आश्चर्य था, मगर उसने किसी से कुछ नहीं कहा।

लगभग दस बजे कर्नल ज़रग़ाम वापस आ गया। उसके चेहरे से थकन ज़ाहिर हो रही थी। उसने कुर्सी पर गिर कर अपना जिस्म फैलाते हुए एक लम्बी अँगड़ाई ली।

'क्या रहा?' कर्नल डिक्सन ने पूछा।

'कुछ नहीं! वहाँ बिलकुल सन्नाटा था। मैं पैकेट एक महफ़ूज़ जगह पर रख कर वापस आ गया।' ज़रग़ाम ने कहा।

थोड़ी देर ख़ामोश रहा फिर कहने लगा, 'वहाँ से सही-सलामत वापस आ जाने का मतलब ये है कि अब ली यूका मुझे या मेरे ख़ानदान वालों को कोई नुक़सान नहीं पहुँचायेगा।'

वह अभी कुछ और भी कहता, लेकिन अचानक उन सबने इमरान का क़हक़हा सुना। वह कन्धे से एयरगन लटकाये हाथ झुलाता हुआ कमरे में दाख़िल हो रहा था। उसके चेहरे पर उस वक़्त सामान्य से ज़्यादा मूर्खता बरस रही थी।

'वाह कर्नल साहब!' उसने फिर क़हक़हा लगाया, 'ख़ूब बेवक़ूफ़ बनाया ली यूका को...नऊज़ुबिल्लाह...नहीं शायद सुब्हानल्लाह कहना चाहिए...वाक़ई आप बहुत ज़हीन आदमी हैं।'

'क्या बात है?' कर्नल ज़रग़ाम झुँझला गया।

'यही पैकेट रखा था न आपने!' इमरान जेब से भूरे रंग का एक पैकेट निकाल कर दिखाता हुआ बोला।

'क्या!...यह क्या किया तुमने?' कर्नल उछल कर खड़ा हो गया।

इमरान ने पैकेट फाड़ कर उसके काग़ज़ात फ़र्श पर डालते हुए कहा।

'ली यूका से मज़ाक़ करते हुए आपको शर्म आनी चाहिए थी। इसके बावजूद भी उसने आपको ज़िन्दा रहने दिया।'

फ़र्श पर बहुत सारे सादे काग़ज़ात बेतरतीबी से बिखरते हुए थे। कर्नल बौखलाये हुए अन्दाज़ में बड़बड़ाता हुआ काग़ज़ों पर झुक पड़ा।

'मगर!' वह चन्द लम्हे बाद बदहवासी में बोला, 'मैंने तो काग़ज़ात रखे थे। तुमने इसे वहाँ से उठाया ही क्यों?'

'इसलिए कि मैं ही ली यूका हूँ।' इमरान ने गरज कर कहा।

'त-त...तुम!' कर्नल हकला कर रह गया। बाक़ी लोग भी मुँह खोले हुए इमरान को घूर रहे थे। अब इमरान के चेहरे पर मूर्खता की बजाय ओज बरस रहा था।

'नहीं...नहीं!' सोफ़िया ख़ौफ़ज़दा आवाज़ में चीख़ी।

इमरान ने कन्धे से ऐयरगन उतारी और उसे बारतोश की तरफ़ तान कर बोला।

'मिस्टर बारतोश, पिछली रात तुम मुझे पकड़ने की स्कीमें बना रहे थे। अब बताओ...तुम्हें तो मैं सबसे पहले ख़त्म कर दूँगा।'

'यह क्या बदतमीज़ी है?' बारतोश ज़रग़ाम की तरफ़ देख कर ग़ुर्राया, 'मैं इसे नहीं बर्दाश्त कर सकता।' फिर वह कर्नल डिक्सन से बोला, 'मैं किसी होटल में रहना ज़्यादा पसन्द करूँगा। यह बदतमीज़ सेक्रेटरी शुरू ही से हमारा मज़ाक़ उड़ाता रहा है।'

'ज़रग़ाम!' डिक्सन ने कहा, 'ऐसे बेहूदा सेक्रेटरी से कहो कि वह मिस्टर बारतोश से माफ़ी माँग ले।'

'मिस्टर बारतोश।' इमरान चुभते हुए लहजे में बोला, 'मैं माफ़ी चाहता हूँ। लेकिन तुम असली काग़ज़ात का पैकेट हज़म नहीं कर सकोगे। बेहतर यही है कि उसे मेरे हवाले कर दो।'

'क्या मतलब?' कर्नल ज़रग़ाम एक बार फिर उछल पड़ा।

बारतोश का हाथ बड़ी तेज़ी से जेब की तरफ़ गया। लेकिन दूसरे ही पल इमरान की एयरगन चल गयी। बारतोश चीख़ मार कर पीछे हट गया। उसके बाज़ू से ख़ून का फ़व्वारा निकल रहा था।

फिर उसने इमरान पर छलाँग लगायी। इमरान बड़ी फुर्ती से एक तरफ़ हट गया। बारतोश अपने ही ज़ोर में सामने वाली दीवार से जा टकराया। इमरान उसके कूल्हे पर ऐयरगन का कुन्दा रसीद करता हुआ बोला, 'कन्फ्यूशियस ने कहा था...'

बारतोश फिर पलटा...लेकिन इस बार उसका रुख़ दरवाज़े की तरफ़ था!...

'यह क्या बेहूदगी है?' कर्नल ज़रग़ाम हलक़ फाड़ कर चीख़ा। ठीक उसी वक़्त इन्स्पेक्टर ख़ालिद कमरे में दाख़िल हुआ और उसने भागते हुए बारतोश की कमर पकड़ ली। हालाँकि बारतोश के बाज़ू की हड्डी टूट चुकी थी, लेकिन फिर भी उसका झटका इतना ज़ोरदार था कि ख़ालिद उछल कर दूर जा गिरा।

इस बार इमरान ने राइफ़ल का कन्धा उसके सिर पर रसीद करते हुए कहा, 'कन्फ्यूशियस इसके अलावा और क्या कहता!'

बारतोश चकरा कर गिर पड़ा...इमरान उसे गिरेबान से पकड़ कर उठाता हुआ बोला।

'ज़रा ली यूका की शक्ल देखना। वह ली यूका जिसने दो सौ साल से दुनिया को चक्कर में डाल रखा था!'

'क्या तुम पागल हो गये हो!' कर्नल डिक्सन चीख़ कर

बोला...

इमरान ने उसकी तरफ़ ध्यान दिये बग़ैर इन्स्पेक्टर ख़ालिद से कहा।

'उसके पास से असली काग़ज़ात का पैकेट बरामद करो।'

इस दौरान वर्दीधारी और हथियारबन्द कॉन्स्टेबलों के जत्थे इमारत के अन्दर और बाहर इकट्ठा होते जा रहे थे!'

इमरान ने ली यूका या बारतोश को एक आराम-कुर्सी में डाल दिया।

उसके कपड़ों की तलाशी लेने पर वाक़ई उसके पास से ख़ाकी रंग का सील किया हुआ पैकेट बरामद हुआ। ख़ालिद ने उसे अपने क़ब्ज़े में कर लिया।

बारतोश पर बेहोशी छाने लगी थी। फिर अचानक उसकी आँखें बन्द हो गयीं।

'तुम्हारे पास क्या सबूत है कि यह ली यूका है?' कर्नल डिक्सन ने कहा।

'आहा...कर्नल!' इमरान मुस्कुरा कर बोला, 'कल रात उसने क्या कहा था...ली यूका काग़ज़ात ख़ुद हासिल कर लेगा। उसने ठीक ही कहा था। हासिल कर लिये उसने। उसके अलावा दुनिया का कोई आदमी ली यूका नहीं हो सकता। पिछली रात उसने इस क़िस्म की बातें कर्नल का भरोसा हासिल करने के लिए की थीं। क्यों कर्नल! आपने उसी के सामने काग़ज़ात का पैकेट बनाया था?'

'ये सभी मौजूद थे।' कर्नल ज़रग़ाम सूखे होंटों पर ज़ुबान

फेर कर बोला।

'मुझे इस पर उसी दिन शक हो गया था जब यह मुझे जड़ी-बूटियों की तलाश के बहाने चट्टानों में ले गया था और वापसी पर मैंने सोफ़िया को ग़ायब पाया था। बहरहाल, कल रात को उसने काग़ज़ात अपने क़ब्ज़े में कर लिये थे और उनकी जगह सादे काग़ज़ात का पैकेट रख दिया था। क्यों कर्नल डिक्सन, यह तुम्हारा दोस्त कब बना था?'

'आज से तीन साल पहले! जब यह लन्दन में रहता था!;

'शिफ़्टेन को ले जाओ इन्स्पेक्टर!' इमरान ने ख़ालिद से कहा, 'शिफ़्टेन या ली यूका...तुमने आज एक बहुत बड़े मुजरिम को गिरफ़्तार किया है। वह मुजरिम जो दो सौ साल से सारी दुनिया को उँगलियों पर नचाता रहा है।'

'दो सौ साल वाली बात मेरी समझ में नहीं आती।' ख़ालिद ने कहा।

'तुम इसे फ़िलहाल ले जाओ। दो घण्टे बाद मुझसे मिलना रिपोर्ट तैयार मिलेगी। इमरान बोला, 'बहरहाल, ली यूका को तुमने गिरफ़्तार किया है। अली इमरान एम.एस-सी., पी-एच.डी. का नाम कहीं नहीं आना चाहिए।'

२०

वह शाम कम-से-कम कर्नल ज़रग़ाम के लिए आनन्ददायक थी। हालाँकि कर्नल डिक्सन को भी अब बारतोश के पर्दे में ली यूका के वजूद का यक़ीन आ गया था, मगर फिर भी उसके चेहरे पर मुर्दनी छायी हुई थी। पता नहीं उसे इस हादसे का सदमा था या इस बात की शर्मिन्दगी थी कि वह ज़रग़ाम के दुश्मन को उसका मेहमान बना कर लाया था।

चाय की मेज़ पर सोफ़िया के क़हक़हे गूँज रहे थे। शायद पहली बार वह इस तरह दिल खोल कर क़हक़हे लगा रही थी। इमरान के चेहरे पर वही पुरानी मूर्खता दिखाई दे रही थी।

'यह दो सौ साल वाली बात मैं भी नहीं समझ सका।' कर्नल ज़रग़ाम ने इमरान की तरफ़ देख कर कहा।

'दो सौ साल तो बहुत कम हैं। जो तरीक़ा ली यूका ने अपना रखा था, उससे उसका नाम हज़ारों साल तक ज़िन्दा रहता।' इमरान सिर हिला कर बोला, 'ली यूका सिर्फ़ एक नाम है जिसे नस्ल-दर-नस्ल अलग-अलग लोग अपनाते रहते हैं। तरीक़ा बड़ा अजीब है। किसी ली यूका ने भी अपनी औलाद को अपना वारिस नहीं बनाया। यह दरअस्ल ली यूका का पर्सनल

चुनाव होता था। वह अपने गिरोह ही के किसी आदमी को अपनी विरासत सौंप कर दुनिया से रुख़्सत हो जाता है और यह चुनाव वह उसी वक़्त करता है, जब उसे यक़ीन हो जाये कि वह बहुत जल्द मर जायेगा और फिर दूसरा ली यूका बिलकुल उसी के नक़्शे-क़दम पर चलना शुरू कर देता है। मेरा ख़याल है कि बारतोश को मैंने दूसरे ली यूका के चुनने का मौक़ा ही नहीं दिया। इसलिए हमें फ़िलहाल यही सोचना चाहिए कि दुनिया ली यूका के वजूद से पाक हो गयी।'

'लेकिन शायद हम उसके गिरोह के बदले से न बच सकें।' कर्नल डिक्सन भर्रायी हुई आवाज़ में बोला।

'हरगिज़ नहीं!' इमरान ने मुस्कुरा कर कहा, 'अब ली यूका के गिरोह का हर आदमी कम-से-कम करोड़पति तो ज़रूर ही हो जायेगा। बस यह समझो कि गिरोह टूट गया। ली यूका की मौजूदगी में उन पर दहशत सवार रहती थी और वह उसके ग़ुलामों से भी बदतर थे। दहशत की वजह यह थी कि ली यूका छुपा होता था और मैं अच्छी तरह जानता हूँ कि पिछले पच्चीस साल से उसका गिरोह बग़ावत पर आमादा रहा है। उसकी तरफ़ से आप लोग बेफ़िक्र रहें। कोई ली यूका के नाम पर आपकी तरफ़ उँगली भी न उठा सकेगा।'

'लेकिन तुम्हें यक़ीन कैसे आ गया था कि बारतोश ही ली यूका है।' कर्नल ज़रग़ाम ने पूछा।

'मुझे इस पर उसी दिन शक हो गया जब वह मुझे जड़ी-बूटियों की तलाश में ले गया था। उसके बाद से मैं लगातार उसकी टोह में लगा रहा और पिछली रात को मैंने ख़ुद उसे

चौखट में ख़ंजर गाड़ते देखा था।'

'ओह!' कर्नल की आँखें फैल गयीं।

'मगर इमरान साहब, आपने अपनी कामयाबी का सेहरा इन्स्पेक्टर ख़ालिद के सर क्यों डाल दिया?' सोफ़िया ने पूछा।

'यह एक लम्बी दास्तान है!' इमरान ठण्डी साँस ले कर बोला, 'मैं नहीं चाहता कि मेरा नाम इस सिलसिले में मशहूर हो।'

'आख़िर क्यों?'

'हाहा! मेरी मम्मी ठेठ पूरबी क़िस्म की औरत हैं और डैडी सौ फ़ीसदी अंग्रेज़। अल्लाह बचाये...कभी-कभी जूतियाँ सँभाल लेती हैं और फिर मेरी समझ में नहीं आता कि कितने फ़ासले पर हूँ। यक़ीन कीजिए कि कभी-कभी ऐसी हालत में मुझे बीस का पहाड़ा भी याद नहीं आता।'

'लड़के तुम बड़े ख़तरनाक हो,' कर्नल ज़रग़ाम मुस्कुरा कर बोला, 'मगर ये तुम्हारी एयरगन क्या बला है जिसने बारतोश का एक बाज़ू तोड़ दिया!'

'क्या बताऊँ!' इमरान गम्भीर लहजे में बोला, 'मैं इस कमबख़्त से परेशान आ गया हूँ। इसमें से कभी-कभी प्वाइण्ट टू-टू-बोर की गोलियाँ निकल पड़ती हैं...है न बेवक़ूफ़ी!'

२१

तीन दिन बाद अख़बारों में इन्स्पेक्टर ख़ालिद की तरफ़ से एक रिपोर्ट छपी जिसमें कर्नल ज़रग़ाम तक कुछ रहस्यमय काग़ज़ात पहुँचने के हालात से ले कर मौजूदा गिरफ़्तारी तक की घटनाएँ बतायी गयीं थी। आख़िर में उन काग़ज़ात के बारे में बहस करते हुए कहा गया था कि अगर कर्नल ज़रग़ाम चीनी और जापानी ज़बानें जानता होता और वे काग़ज़ात किसी ऐसे आदमी तक ले जाये गये होते जिसके लिए ये दोनों ज़बानें अजनबी न होतीं तो ली यूका की शख़्सियत काफ़ी हद तक रोशनी में आ गयी होती। इन काग़ज़ात में चीनी जासूस की रिपोर्ट भी शामिल थी जो चीनी गुप्तचर विभाग के हेड क्वार्टर के लिए लिखी गयी थी। उस रिपोर्ट में कहा गया था कि मौजूदा ली यूका, जापानी नहीं, बल्कि चेकोस्लोवाकिया का नागरिक है। इन्स्पेक्टर ख़ालिद के बयान के मुताबिक़ उस चीनी की शख़्सियत सन्देहास्पद थी जिससे यह काग़ज़ात कर्नल ज़रग़ाम को मिले थे। उसके बारे में भरोसे से नहीं कहा जा सकता कि वह ख़ुद ही वह गुप्तचर था जिसने यह रिपोर्ट लिखी थी या फिर वह ली यूका का कोई आदमी था जिसने यह काग़ज़ात उस गुप्तचर से हासिल करके ली यूका तक पहुँचाने चाहे थे।

इन्स्पेक्टर ख़ालिद की रिपोर्ट में किसी जगह भी इमरान का ज़िक्र नहीं था। लेकिन रिपोर्ट ख़ुद इमरान ही ने तैयार की थी।

ली यूका उर्फ़ बारतोश ने होश में आने के बाद न सिर्फ़ इक़बाले-जुर्म कर लिया, बल्कि यह बात भी साफ़ कर दी कि अब उसके बाद इस सिलसिले का कोई दूसरा ली यूका नहीं होगा।

उसके सिर की चोट जानलेवा साबित हुई और वह अपने बारे में कुछ और बताने से पहले ही मर गया।

समाप्त

इमरान सीरीज़ के अन्य उपन्यास

ख़ौफ़नाक इमारत (1)

इमरान सीरीज़ की शुरुआत 'ख़ौफ़नाक इमारत' नामक उपन्यास से हो रही है जो इस सीरीज़ का पहला उपन्यास था, जिसमें हम पहली बार इमरान के रू-ब-रू होते हैं। 'ख़ौफ़नाक इमारत' की कहानी संक्षेप में उन लोगों से ताल्लुक रखती है जो पैसे की लालच में अपने ही देश से ग़द्दारी पर उतर आते हैं। कुछ गोपनीय सरकारी दस्तावेज़ विदेश विभाग के ख़ुफिया अधिकारी ले कर जा रहे होते हैं कि उन पर हमला होता है। एक अधिकारी मारा जाता है और आधे दस्तावेज़ दुश्मनों के हाथ लगते हैं। अयाज़ नाम का जो अधिकारी बच जाता है, वह बदले की आग में जल रहा है, लेकिन जब तक वह दुश्मन का पता न लगा ले, वह अपने विभागीय अफ़सरों के सामने नहीं आना चाहता, क्योंकि उसे डर है कि उसके अधिकारी उसे भी सन्दिग्ध मान लेंगे।

दुश्मनों को धोखे से लुभाने के लिए यह अधिकारी क्या-क्या पापड़ बेलता है और कैसी-कैसी हिकमतें अपनाता है। इसका बड़ा ही दिलचस्प क़िस्सा इब्ने सफ़ी ने बयान किया है। फिर इमरान किस तरह इस रहस्य का पता लगा लेता है और कैसे मुजरिमों को गिरफ़्तार कराता है, इसका ब्योरा दे कर हम आपका मज़ा ख़राब नहीं करना चाहते, उपन्यास आपके सामने हैं और हम चाहेंगे कि आप ख़ुद इस सफ़र पर उपन्यास

इमरान सीरीज़ के अन्य उपन्यास

के पन्नों से होते हुए रवाना हों। अलबत्ता, हम यह ज़रूर चाहेंगे कि आपका यह सफ़र इमरान की दूसरी दिलचस्प कारगुज़ारियों के साथ बराबर जारी रहे।

बहुरूपिया नवाब (3)

'बहुरूपिया नवाब' इस सीरीज़ का तीसरा उपन्यास है जो हम पाठकों के सामने पेश कर रहे हैं। कहानी दौलत और जायदाद की हवस की पुरानी थीम पर बुनी गयी है, लेकिन प्लॉट बिला शक इब्ने सफ़ी के माहिर हाथों से गढ़ा गया है। एक पुराने नवाबी ख़ानदान की शहज़ादी दुर्दाना अपने सौतेले ताऊ की कैसी अजीबो-ग़रीब चालों का शिकार होती है और जब वह ताऊ उसका बाप बन कर आता है तो उसके हाथों लगातार धोखा खाती है, इसकी दास्तान 'बहुरूपिया नवाब' में इब्ने सफ़ी ने बयान की है।

ख़ौफ़ का सौदागर (4)

ऐंग्लो-इण्डियन लड़की रूशी, जिसका पेशा हाई क्लास वेश्या का है—मर्दें को फँसाना और फिर उनसे पैसा कमाना। लेकिन जब इमरान शादाब नगर के मामले को सुलझाने वहाँ पहुँचता है और रूशी उससे रू-ब-रू होती है तो उसकी कठोर दिल में कुछ दूसरी ही भावनाएँ पैदा होने लगती है। और वह इमरान

इमरान सीरीज़ के अन्य उपन्यास

की मदद करने का फ़ैसला करती है। ऐसी नेकी रूशी को किन ख़तरों में डाल देती है इसका रोमांचक ब्योरा तो आप उपन्यास में पढ़ेंगे, लेकिन रूशी का किस्सा यहीं ख़त्म नहीं होता, बल्कि जब वह अपनी पुरानी ज़िन्दगी को बदल कर नयी ज़िन्दगी जीने का इरादा इमरान को बताती है तो वह उसे अपनी सहायक बना कर ले आता है।

हमें विश्वास है कि आप जब इस क़िस्से से गुज़रते हुए उस आदमी के कारनामों से रू-ब-रू होंगे जिसका एक कान आधा कटा हुआ है, जो करोड़ों की तस्करी करने में माहिर है जो उसकी शैतानियत को और भी बढ़ा देती हैं तो आप प्रभावित हुए बिना नहीं रहेंगे।

तो आइए, खोलिए पहला सफ़ा और तैयार हो जाइए 'भयानक आदमी' से मिलने के लिए।

जहन्नुम की अप्सरा (5)

मोरीना सलानियो जो अपनी डॉसिंग पार्टी के साथ हिन्दुस्तान के दौरे पर आयी है, दरअसल इटैलियन नहीं, बल्कि जर्मन नर्तकी है और उसका काम एक ऐसी विचारधारा का प्रचार करना है जो नसली भेद-भाव और ज़ुल्म पर टिकी हुई है और इसके लिए वह जासूसी भी करती है। उसकी इन शैतानी साज़िशों का पर्दाफ़ाश करने के लिए दक्षिण अफ़्रीका से ग़ज़ाली नाम का

इमरान सीरीज़ के अन्य उपन्यास

जो जासूस आता है वह मारा जाता है और फिर शुरू होता है तफ़्तीश का सिलसिला निःसन्देह 'जहन्नुम की अप्सरा' का दिलचस्प कथानक आपको बाँधे रहेगा और आप इमरान की हरकतों का मज़ा लेते रहेंगे।

नीले परिन्दे (6)

नीले परिन्दों की हक़ीक़त क्या है? सईदा के चेहरे पर भी सफ़ेद दाग़ कैसे उभर आते हैं? शौकत का असिस्टेंट सलीम चोरी का झूठा इल्ज़ाम क्यों कबूल करता है? शौकत अपनी प्रयोगशाला में नीले परिन्दे क्यों जलाता है? इन सारे सवालों के जवाब इमरान की ताज़ा पेशकश 'नीले परिन्दे' में मौजूद है।

साँपों के शिकारी (7)

इरशाद तैमूर ऐण्ड बार्टले का हिस्सेदार है। जब उसे तैमूर की असली सूरत का पता चलता है तो वह उसे क़ानून के हवाले करने के लिए अपनी हिकमतें अपनाता है। तैमूर की साज़िशों का पर्दाफ़ाश करने में कई बार इमरान पर भी ख़तरा खड़ा हो जाता है, लेकिन वह अपनी हँसोड़ तबियत के बल पर बच निकलता है। तो आइए, देखें, कैसे हैं ये साँपों के शिकारी।

इब्ने सफ़ी–इब्ने सफ़ी, जिनका असली नाम असरार अहमद था, २६ जुलाई, १९२८ को इलाहाबाद ज़िले के नारा क़स्बे में पैदा हुए थे। बचपन ही से शायरी और क़िस्से-कहानियों का शौक़ था। आगरा विश्वविद्यालय से बी.ए. की डिग्री लेने के बाद वे इलाहाबाद से निकलने वाली उर्दू पत्रिका 'निकहत' से जुड़ गये। जब १९५२ में वहीं से 'जासूसी दुनिया' प्रकाशित होने लगी तो इब्ने सफ़ी ने असरार नारवी, सनकी सोल्जर और तुग़रल फ़रग़ान जैसे नाम छोड़ कर इब्ने सफ़ी के नाम से अगस्त १९५२ में अपना पहला जासूसी उपन्यास 'दिलेर मुजरिम' लिखा और हर महीने एक नया उपन्यास लिखने लगे। १९५२ में वे पाकिस्तान चले आये और कराची में उन्होंने अपना प्रकाशन 'इसरार पब्लिकेशन्स' के नाम से शुरू किया। १९६०-६३ के बीच मानसिक रोग का शिकार होने के बाद जब वे ठीक हुए तो उन्होंने 'डेढ़ मतवाले' नामक उपन्यास से अपनी दूसरी कामयाब 'इमरान सीरीज़' शुरू की और 'जासूसी दुनिया' वाली सीरीज़ भी लिखते रहे। इन उपन्यासों का गुजराती और बंगला समेत अनेक भाषाओं में अनुवाद भी हुआ। जासूसी उपन्यासों के अलावा इब्ने सफ़ी ने शायरी, कहानी और हास्य-व्यंग्य की भी रचनाएँ की हैं। उनका देहान्त अपने ही जन्मदिन २६ जुलाई, १९८० को कराची में हुआ।

रहमान मुसव्विर–*जन्म*–७ जुलाई, कस्बा कैलाशपुर, जिला सहारनपुर, उ०प्र०। *शिक्षा*–एम.ए., एम.एड., एम.फ़िल, पी-एच.डी। हिन्दी-उर्दू की विभिन्न पत्र-पत्रिकाओं में ग़ज़लें, गीत, लेख प्रकाशित, मीडिया के लिए लेखन, दूरदर्शन एवं आकाशवाणी से रचना पाठ। '*पाकिस्तानी उर्दू कथा साहित्य में भारतीय मिथक*' पुस्तक प्रकाशित। वर्तमान साहित्य में प्रवासी साहित्य महाविशेषांक के अतिथि सहसंपादक। मुशायरों और कवि सम्मेलनों के मंचों से रचना पाठ। *सम्प्रति*–असिस्टैंट प्रोफ़ेसर, हिन्दी विभाग, जामिया मिल्लिया इस्लामिया, नई दिल्ली।

नीलाभ–१६ अगस्त, १९४५, बम्बई में जन्म। शिक्षा : एम.ए. तक इलाहाबाद में। पढ़ाई के दौरान ही लेखन की शुरुआत। आजीविका के लिए आरम्भ में प्रकाशन। फिर चार वर्ष बी.बी.सी. की विदेश प्रसारण सेवा में प्रोड्यूसर। १९८४ में भारत वापसी के बाद लेखन पर निर्भर। 'संस्मरणारम्भ', 'अपने आप से लम्बी बातचीत', 'जंगल ख़ामोश है', 'उत्तराधिकार,' 'चीजें उपस्थित हैं', 'शब्दों से नाता अटूट है,' 'ख़तरा अगले मोड़ की उस तरफ़ है' और 'ईश्वर को मोक्ष' (कविता-संग्रह)। शेक्सपियर, ब्रेश्ट तथा लोर्का के नाटकों के रूपान्तर–'पगला राजा', 'हिम्मत माई', 'आतंक के साये', 'नियम का रन्दा, अपवाद का फन्दा' और 'यर्मा' बहुत बार मंच पर प्रस्तुत हुए हैं। इनके अलावा 'मृच्छकटिक' का रूपान्तर 'तख़्ता पलट दो' के नाम से। रंगमंच के अलावा टेलीविज़न, रेडियो, पत्राकारिता, फ़िल्म, ध्वनि-प्रकाश कार्यक्रमों तथा नृत्य-नाटिकाओं के लिए पटकथाएँ और आलेख। महात्मा गांधी अन्तरराष्ट्रीय हिन्दी विश्वविद्यालय के लिए चार खण्डों में हिन्दी के साहित्यिक विवादों, साहित्यिक केन्द्रों और मौखिक इतिहास की शोध परियोजना। जीवनानन्द दास, सुकान्त भट्टाचार्य, एज़रा पाउण्ड, ब्रेश्ट, ताद्यूश रोज़ेविच, नाज़िम हिकमत, अरनेस्तो कादेनाल, निकानोर पार्रा और नेरूदा की कविताओं के अलावा लेर्मोन्तोव के उपन्यास 'हमारे युग का एक नायक' का अनुवाद। वी.एस. नायपॉल के उपन्यास 'ए हाउस फ़ॉर मिस्टर बिस्वास' और सलमान रश्दी के उपन्यास 'दि एनचैंट्रेस ऑफ़ फ़्लोरेंस' के अनुवादों के अलावा इब्ने सफ़ी की जासूसी उपन्यास माला का सम्पादन। नेरूदा की लम्बी कविता 'माच्चू पिच्चू के शिखर' का अनुवाद बहुचर्चित रहा। मंटो की कहानियों के प्रतिनिधि चयन 'मंटो की तीस कहानियाँ' का सम्पादन। दो खण्डों में गद्य–'प्रतिमानों की पुरोहिती' और 'पूरा घर है कविता।' वैचारिक लेखों के चार संग्रह शीघ्र प्रकाश्य। फ़िल्म, चित्रकला, जैज़ तथा भारतीय संगीत में ख़ास दिलचस्पी।

रज़ा अब्बास–रज़ा अब्बास, जिन्होंने जासूसी दुनिया और इमरान सीरीज़ के इतने बेहतरीन आवरण चित्र बनाये हैं, चालीस वर्षों से फ़िल्म पोस्टर का काम और अन्य चित्रकला करते आ रहे हैं। उनका जन्म रायबरेली ज़िले के जैस इलाके में हुआ था। आजकल वे राजपुर रोड, दिल्ली में रहते हैं।